طابع الحسن
عشرون قصة قصيرة للشباب

إعداد وتحرير: رأفت علام
مكتبة المشرق الإلكترونية

صدر في مايو ٢٠٢٠ عن مكتبة المشرق الإلكترونية – مصر
ISBN: 9780463672808

Table of Contents

طابع الحسن

حلّ (خميس) رباط عنقه، وهزَّ رأسه يمنة ويسرة، وكأنما يحاول التخلّص من تأثير ضغط الرباط على عنقه، وأطلق زفرة عميقة، وهو يرقد مسترخيًا، أو محاولًا الاسترخاء، فوق منضدة الكشف الخاصة، في عيادة الدكتور (فهمي)، الذي ظلّ صامتًا، منتظرًا، حتى ينتهي (خميس) من حركاته المتوترة العديدة، ثم مال نحوه، وسأله في هدوء:

- هل تشعر بالاسترخاء الآن يا سيّد (خميس)؟

لم يكن (خميس) يشعر بذلك على الإطلاق، ولكنه أومأ برأسه إيجابًا، فمنحه الدكتور (فهمي) ابتسامة مشجّعة ومطمئنة، وهو يكمل:

- أحب أن أذكرك في البداية بضرورة ذكر الحقائق.. كل الحقائق.

تمتم (خميس):

- سأفعل.

اتسعت ابتسامة الدكتور (فهمي) أكثر، وقال:

- عظيم.. هكذا ينبغي أن تكون العلاقة بين الطبيب النفسي ومريضه.. إنك لم تأت إلى هنا، إلا لأنك تشعر بحاجتك إلى علاج نفسي.. أليس كذلك؟

أومأ (خميس) برأسه إيجابًا، وازدرد لعابه في صعوبة، وهو يقول:

- بلى يا دكتور (فهمي).. إني أعاني عذابًا رهيبًا.. ذلك الكابوس سيقتلني.

ربّت الدكتور (فهمي) على كفه في رفق، ليبث في نفسه بعض الطمأنينة، وهو يقول:

- أخبرني كل ما لديك، وسنحاول منعه من مهاجمتك مرة أخرى..

بدا التردّد على وجه (خميس)، فربت الدكتور (فهمي) على كتفه مرة أخرى، وقال:

- وينبغي أن تعلم أنه ليس من حق الطبيب النفسي كشف أسرار مرضاه، فالقانون يعاقبه على هذا، ولا يعترف بما القانون ستكشفه لي من أقوال أو اعترافات.

كان من الواضح أن هذه هي العبارة التي يحتاج إليها (خميس) بالذات، فقد تنهد في ارتياح، وبدأ جسده يسترخى بالفعل، وهو يتطلع إلى الدكتور (فهمي) بعينين نصف مغلقتين، في حين سأله الدكتور (فهمي) في صوت خافت هادئ، يدعو إلى الثقة:

- والآن ما نوع الكابوس، الذي يهاجم أحلامك دائمًا؟

تقلصت عضلات وجه (خميس)، وهو يجيب:

- إنه كابوس بشع يا دكتور (فهمي).

وازدرد لعابه مرة أخرى، قبل أن يضيف:

- أرى نفسي سائرًا وسط المقابر، والظلام والضباب يحيطان بي من كل جانب، ثم يظهر ذلك الصبي.

سأله الدكتور (فهمي) في اهتمام:

- أي صبي؟

أجابه (خميس)، وهو يرتجف:

- الصبي الأحمر الشعر، ذو الندبة الصغيرة على جبهته، وطابع الحسن في منتصف ذقنه.. أراه يخرج من قبر مفتوح، ويتجه إلي مباشرة، وعيناه تحملان غضب الدنيا كلها، ثم.. ثم..

سأله الدكتور (فهمي) في انفعال واضح، وكأنما أثاره الوصف:

- ثم ماذا؟

ارتسـم الهلع في عيني (خميس)، وهو يسـتعيد تفاصيل الكابوس، وأخذ يلوح بكفه، وهو يجيب:

- ثم تمتد يدا الصـبي نحو عنقي، وأراهما يدين من العظام، كأيدي الهيكل العظمي، وأحاول التراجع، ولكن الأصابع العظمية تحيط بعنقي، و.. و..

هتف الدكتور (فهمي):

- وماذا؟

جحظت عينا (خميس) في رعب، وهو يقول:

- وأختنق.. أختنق حتى أكاد ألفظ أنفاسي الأخيرة، قبل أن استيقظ صارخًا، وينبض قلبي في عنف.. قلبي المريض. أجهش فجأة بـالبكـاء، في حين لاذ الـدكتور (فهمي) بالصمت التام، وهو يتطلّع إليه في جمود، حتى انتهى من بكائه، فسأله:

- أيراودك هذا الكابوس كثيرًا؟

أومأ (خميس) برأسه إيجابًا، وهو يسمح دموعه، قائلًا:

- أكثر مما تتصـوَّر يا دكتور (فهمي).. إنه عقاب.. أعلم أنه كذلك.

اعتدل الدكتور (فهمي) في مجلسه، وسأله:

- لماذا تتصور أنه عقاب؟.. أكنت تعرف هذا الصبي من قبل؟

أغمض (خميس) عينيه، وأشـاح بوجهه، وهو يقول في مرارة:

- لقد رأيته مرة واحدة.

مال الدكتور (فهمي) نحوه، وقال في اهتمام:

- متى؟.. وكيف؟

صـمت (خميس) بعض الوقت، وهو يلتقط نفسًـا عميقًـا، قبل أن يقول:

- كان هذا منذ عشر سنوات تقريبًا.. ولم أكن أيامها ثريًا، كما أنا الآن، بل كنت قد خرجت من السـجن على التو، فقيرًا، ناقمًا على الدنيا، كارهًا لكل الأغنياء والأثرياء.. وكنت أبحث عن عمل، يتيح لي فرصـة الاندماج مرة أخرى بالمجتمع، ويواجهني الرفض في كل مرة؛ لأنني خريج سـجون سـابق، مما زاد من مقتي ومرارتي وغضبي.

وازدرد لعابه في صوت مسموع، قبل أن يكمل:

- ثم وقع بصري على ذلك الصبي.

سأله الدكتور (فهمي) في اهتمام شديد:

- أهو نفسي الصبي، الذي يظهر في الكابوس؟

أومأ (خميس) برأسـه إيجابًا، وهو يعضّ شفته السفلى، مجيبًا:

- نعم.. نفس الصبـي الأحمر الشـعر، بطابع الحسـن في منتصف ذقنه، وتلك الندبة الصغيرة في جبهته.

مال الدكتور (فهمي) نحوه أكثر، يسأله:

- وماذا فعلت به؟

بدأت دموع (خميس) تنهمر مرة أخرى، وهو يقول:

- كان يرتدي سـاعة من الذهب، يكفي ثمنها لإطعامي شهرًا كاملًا، وكانت رائحة الثراء تفوح منه في وضوح، فاتجهت إليه، واستدرجته خلف مبنى قديم، و...

صـمت قاطعًا عبارته، وراحت شـفتاه ترتجفان في شـدة، فسأله الدكتور (فهمي):

- وماذا؟

صاح كمن يلقى عن كاهله حملا ثقيلا:

- وخنقته.

قالها وانفجر باكيًا، في حين تراجع الدكتور (فهمي) بمقعده في حركة حادة كالمصعوق، وانعقد حاجباه في شـدة، وهو يحدّق في وجه (خميس)، الذي واصـل من خلال دموعه:

- جثمت على صـدره بلا رحمة، واعتصـرت عنقه الصـغير بيدي العاريتين، متجاهلًا صـراخه وتوسـلاته، حتى لفظ أنفاسـه الأخيرة، فانتزعت السـاعة الذهبية من يده، وانطلقت هاربًا.

كان من الواضـح أن الدكتور (فهمي) قد تأثر كثيرًا، من هول وبشاعة ما سمع؛ فقد ظل صـامتًا طويلًا، حتى بعد أن انتهى (خميس) من روايته، وراح يتطلّع في قلق إلى طبيبه، الذي سأله أخيرًا:

- وماذا فعلت بعد ذلك؟

أجابه (خميس):

- بعت السـاعة، وبدأت تجارة صـغيرة بجزء كبير من ثمنها، وسرعان ما نمت تجارتي وازدهرت، وصرت – كما ترى – واحدًا من كبار الأثرياء ورجال الأعمال في عشر سنوات فحسب.

ثم انفجر مرة ثالثة باكيًا، وهو يستطرد في انفعال:

- كل هذا بدم الصبي البرئ.

تطلع إليه الدكتور (فهمي) لحظة من الصـمت، ثم نهض يلتقط من دولابه الخاص قنينة صغيرة، غرس في فوهتها المطاطية إبرة محقنه، وملأ المحقن بمحتوياتها، ثم عاد يكشـف ذراع (خميس)، ويدفع إبرة المحقن في أوردته، فهتف به (خميس) في جزع:

- ما هذا؟

أجابه الدكتور (فهمي) في هدوء:

- اطمئن.. إنه عقار مهدئ، فأعصابك مهتاجة للغاية.

صاح (خميس) في ذعر:

- لا.. لا أريد أن أنام.. سيعاودني ذلك الكابوس البشع، لو استسلمت للنوم.

عاد الدكتور (فهمي) إلى مقعده، وهو يقول:

- لا تقلق.. كل إنسان يحتاج إلى النوم، ولا يمكنك أن تبقى مستيقظًا طيلة حياتك.

هتف (خميس) في خوف:

- إنك لا تفهم شيئًا يا دكتور (فهمي).

استرخى الدكتور (فهمي) في مقعده، وهو يقول:

- اشرح لي إذن.

ازدرد (خميس) لعابه مرة أخرى، وقال:

- كل مرة يهاجمني فيها هذا الكابوس اللعين، تزداد قوة ضغط الأصابع العظيمة على عنقي، وفي كل مرة أفلت من الموت في صعوبة، وذات مرة سيتضاعف الضغط على عنقي، وألقى حتفي بسبب كابوس.

ابتسم الدكتور (فهمي) في هدوء، وقال:

- اطمئن.. لن يحدث هذا.

شعر (خميس) بأطرافه تتراخى، وبأجفانه تتثاقل، وهو يقول:

- وماذا عن قلبي المريض؟.. إنه سينهار حتمًا ذات يوم، مع كل هذا الرعب.

قال الدكتور (فهمي)، وابتسامته تتسع أكثر:

- اطمئن مرة أخرى يا رجل، فقلبك لن ينهار من الرعب.

ثم مال نحوه بغتة، مستطردًا في مقت رهيب:

- بل من تلك المادة، التي حقنتك بها منذ لحظات.

اتسعت عينا (خميس) في رعب، وهن يهتف:
- المادة؟!
أجابه الدكتور (فهمي)، وهو يبستم ابتسامة شامتة ظافرة:
- نعم يا (خميس)، المادة التي حقنتك بها ستدفع قلبك للنبض في قوة وعنف، وستبلغ نبضاته حدًا تعجز معه عضلاته عن الاحتمال، مع الجرعة المضاعفة، التي دفعتها في عروقك، والتي تحذرنا الكتب من بلوغها، ومع انهيار عضلات قلبك وإنهاكها، ستتوقف عن العمل، وتصرخ خلاياك طالبة الأكسجين، وتسرى في صدرك آلام مبرحة، وتجحظ عيناك وتتقطع أنفاسك، و..
ومال نحو أكثر، وهو يستطرد في مقت واضح:
- وتموت.
بدأ (خميس) يشعر بآلام صدره، وحاجته إلى التنفس بالفعل، وخيل إليه أن قلبه ينبض في قوة، حتى ليكاد يخترق صدره، وهو يهتف بالدكتور (فهمي) في رعب:
- ولكن لماذا؟.. لماذا تقتلني؟
تراجع الدكتور (فهمي) في مقعده، وقال في كراهية:
- لأن القدر قادك إلى هنا، لتلقى عقابك العادل، بعد كل هذه السنوات.
راح (خميس) يلهث طالبًا الهواء، وأمسك صدره في قوة، وهو يهتف:
- ليس هذا من حقك.. إنك طبيب نفسي، ولست قاضيًا.. ليس من حقك أن تحكم بموتي، وأن تنفذ الحكم بنفسك.
ابتسم الدكتور (فهمي) في مرارة، وهو يقول:
- ليس من حقي؟!.. منذ متى تهتم بالحقوق والواجبات أيها القاتل الحقير؟
ثم مال نحوه في حركة حادة، مستطردًا:

ـ هل تحب أن تعرف السبب الحقيقي، الذي دفعني لقتلك؟

لم يجب (خميس)، فقد كان يحدق في وجه الطبيب بعينين جاحظتين، والألم يعتصر صدره، وعلى الرغم من هذا، فقد حك الدكتور (فهمي) طابع الحسن في منتصف ذقنه، ورفع أصابعه يداعب شعره الأحمر، قبل أن يقول بكل مقت الدنيا:

ـ لأن ذلك الصــــبي، الذي قتلته بلا رحمة، منذ عشــــر سنوات، كان ابني يا رجل.. ابني الوحيد.

وجحظت عينا (خميس) أكثر..

وأطلق شهقة قوية.

وأخيرة.

قطار بلا دخان

"أنت تدخن أكثر مما ينبغي.."

رفع الأستاذ (فؤاد) عينيه إلى صاحب العبارة، وبدا له وجه صاحبها مألوفًا، وإن لم يذكر الأستاذ (فؤاد) أبدًا إنهما قد تحدثا من قبل، على الرغم من أنهما يستقلان معًا قطار السابعة من كل صباح، من مدينتهما (دمنهور) حيث يقيمان، إلى (الإسكندرية)، مكان عملهما.

وهذا النوع من المعرفة يطلق عليه اسم (صداقة القطار)..

تلك الصداقة التي تنشأ مع المشاركة في السفر والانتظار، وتربط بين عدد من المسافرين المزمنين، الذين شاء قدرهم أن يقيموا في مدن تختلف عن تلك التي يعملون فيها، فاضطروا للالتزام برحلة سفر يومية إجبارية، لا تنقذهم منها سوى أيام الإجازات الرسمية، والعرضية..

واحترامًا لصداقة القطار هذه، وعلى الرغم من أن الأستاذ (فؤاد) يكره من يتدخلون في شئونه، فقد ابتسم في هدوء، وقال:

- ليس كثيرًا إلى هذا الحد.

جلس صاحب العبارة على المقعد المجاور للأستاذ (فؤاد)، وبادله ابتسامته، وهو يقول:

- بل هو كثير بالفعل.. صدقني.. أنا طبيب متخصص في أمراض الصدر، وأدرك جيدًا متاعب التدخين.

غمغم الأستاذ (فؤاد).

- إنها مجرد عادة، و..

قاطعه الطبيب مبتسمًا:

- ولكنها تنهك صحتك وقواك، وتستهلك حتى أموالك.. قل لي: ألم تفكر في الإقلاع عن عادة التدخين هذه.

قال الأستاذ (فؤاد)، وهو يطفئ سيجارته:

- لقد حاولت في الواقع أكثر من مرة، وفشلت.

مال الطبيب نحوه، قائلًا في اهتمام:

- لدي وسيلة مضمونة.

أثار حماسة الأستاذ (فؤاد)، فسأله:

- وما هي؟

اندفع الطبيب يقول في حماس:

- هل تعرف الكمون؟.. كلنا نعرفه بالطبع.. احضر منه كمية كبيرة.. حوالي النصــف كيلوجرام، واطحنها حتى تصبح مسحوقًا خشنًا.. هل تتابعني؟

أجابه الأستاذ (فؤاد) في اهتمام؟

- نعم.. أكمل.

أكمل الطبيب:

- وبعدها احضــر علبة السجائر، وافرغ ما بها من تبغ، واضف إلى تبغ السيجارة الأولى ربع محتوياتها كمونًا، وإلى الثانية النصــف، وزد الكميـة إلى ثلاثة أربـاع المحتويات في الثالثة، واملأ الرابعة وما يليها بمسحوق الكمون الصافي، وابدأ بتدخين السيجارة الأولى في اليوم الأول، ثم الثانية في الثاني، وهكذا.. وفي اليوم الخامس لن تجد لديك ميلًا للتدخين.

ظلت هذه الوصفة تلح على رأس الأستاذ (فؤاد) طيلة يوم عمله، وزاد إلحاحها عندما لهثت أنفاســه، وهو يصــعد درجـات ســلم منزلـه، في اليوم التـالي، وتذكر رجاء زوجته، وإلحاحها عليه ليحاول الامتنـاع عن التدخين، وراح يحسب كم ينفق على سجائره شهريًا..

وفي المساء، استقر رأيه على تنفيذ الفكرة..

وبكل الحماس، ابتاع الأستاذ (فؤاد) نصف كيلوجرام من الكمون، وراح يطحنه متبعًا النصيحة، ويضيف إلى السيجارة الأولى ربع حجمها كمونًا، وهكذا..

وفي الصباح التالي، اتجه الأستاذ (فؤاد) إلى القطار، وعلبة السجائر ذات التبغ المخلوط بالكمون في جيب قميصه..

وفي القطار بحث ببصره عن الطبيب، ولكنه لم يجده، فاتخذ مقعده، وانتظر حتى غادر القطار المحطة، ثم أخرج السيجارة الأولى، وأشعلها..

وتصاعدت رائحة الكمون المحترقة في عربة القطار..

وإلتفتت العيون كلها إلى الأستاذ (فؤاد)..

وحملت كل الاستنكار والغضب..

وفي اليوم التالي، عندما التقى الأستاذ (فؤاد) بالطبيب، لم يتبادلا حرفًا واحدًا..

كان الطبيب يبتسم في خبث..

وكانت عين الأستاذ (فؤاد) اليسرى نصف مغلقة، تحيط بها كدمة زرقاء..

ولقد نجحت الوصفة..

وامتنع الأستاذ (فؤاد) عن التدخين..

في القطار على الأقل..

غريب في بيتي

ثلاث سنوات..

ثلاث سنوات كاملة، لم يطأ فيها (حسان) أرض (مصر)، منذ سافر للعمل بتلك الدولة، من دول الخليج العربي.. ويالها من فترة!..

لم يدر كيف أمكنه أن يقضي كل تلك الفترة، بعيدًا عن زوجته وأولاده؟..

كيف أمكنه أن يحتمل فراقهم وبعادهم، طوال هذه السنوات؟..

تنهد في عمق، وهو يسترخى داخل سيارة الأجرة، التي تحمله من مطار (القاهرة) إلى منزله، ويستعيد ذكريات ثلاث سنوات مضت..

لم يكن هناك من حل ــ حينذاك ــ لكل مشاكل الأسرة الاقتصادية، سوى أن يقبل عقد العمل، في تلك الدولة.. الأولاد يحتاجون إلى دروس خصوصية، في كل المواد تقريبًا..

زوجته تشكو متاعب العمل والمواصلات والحياة..

حموه بدأ يعلن عن تبرمه من وجودهم معه في منزله، على الرغم من أنه يحيا وحده، بعد وفاة زوجته، وسفر أولاده الآخرين للعمل، في دول أخرى..

ومتاعبه هو الشخصية..

حتى علبة سجائرة، كان يدخر القروش لشرائها..

وكان الحل الوحيد هو السفر..

وسافر..

وهناك، بين آبار النفط، ومرارة الغربة، وذل الوحدة، راح يعمل ليل نهار، ويحرم نفسه من كل شيء، فيما عدا

علبة السجائر الأجنبية الصنع، حتى يرسل الجزء الأعظم من راتبه كل شهر، لزوجته في (القاهرة)..
وبعد العام الأول، أبلغته رسائل زوجته أن كل شيء أصبح أفضل..
الأولاد يحصلون على دروسهم الخصوصية، عند أفضل مدرسي (القاهرة)..
ابتاعت زوجته سيارة صغيرة، وتعلّمت قيادتها، ولم تعد هناك مشاكل في المواصلات أو العمل..
ووقعت الزوجة عقد تملك شقة جديدة..
ضايقه في البداية أنها سجلت عقد الشقة باسمها، ولكنه لم يلبث أن تفهم ضرورة هذا، حتى لا يحتاج إلى كتابة توكيل عام لها، لدفع أقساط الشقة، واستلامها، وما يستتبع هذا من إجراءات..
وفي أوَّل محادثة هاتفية بينهما، أخبرته زوجته أنها قد دفعت كل ما أرسله كمقدم للشقة، ومازالت هناك الأقساط الشهرية الضخمة..
وقرر التنازل عن إجازته السنوية لهذا العام، لتدبير مصروفات المنزل، وأقساط الشقة الجديدة..
يكفي أن يتحقق الحلم، ويصبح لديه شقة خاصة، بعد أكثر من خمسة عشر عامًا من الزواج..
ومضى العام الثاني أكثر مشقة، ولكن النتائج كانت أروع مما يتصوَّر..
لقد تسلمت زوجته الشقة الجديدة، وأثثتها، وأرسلت إليه صورها المبهجة، وصور أولاده الثلاثة داخلها..
ولقد تغيرت هيئة الأولاد كثيرًا..
(تامر) أصبح أطول، و(مها) ازداد وزنها، و(حمادة) يبدو أكثر أناقة..

ومع أوَّل عائد إلى (القاهرة) من زملاء العمل، أرسل للأولاد حقيبة ضخمة، تمتلئ بالملابس واللعب..
وأرسل لزوجته حقيبة مثلها..
وواصل إرسال أقساط الشقة، ومصروفات المنزل..
واضطر في العام التالي للتنازل عن إجازته السنوية أيضًا، لأن (تامر) أصبح في الشهادة الإعدادية، ويحتاج إلى مزيد من الدروس الخصوصية، وزوجته تشكو من متاعب السيارة المستعملة، وتلح في استبدالها بسيارة جديدة، وأقساط الشقة لم تنته بعد، و..
ومضى عام ثالث من الكفاح والتعب والمهانة..
وعندما حان موعد إجازته السنوية الثالثة، قررَّ أن يسافر لرؤيته أولاده وزوجته..
وشقته الجديدة..
وقرر أن يفاجئهم بعودته..
وعندا أوقف سائق الأجرة سيارته، أمام تلك البناية الفاخرة، التي يحتل منزله الجديد أحد طوابقها، خفق قلبه في سعادة، ونقد السائق بقشيشًا سخيًا، وهو يحمل حقيبته الوحيدة، ويستقل المصعد إلى شقته الجديدة..
وفي المصعد ابتسم في حنان، وهو يرسم صورة جميلة للقائه بأولاده وزوجته، ويتصور سعادتهم بعودته، وتأثير المفاجأة الجميلة عليهم..
وأمام باب الشقة، انتبه لأوَّل مرة إلى أنه لا يملك مفتاحًا للشقة، فدق جرس الباب، وهو يأسف لضياع المفاجأة، التي يحلم بها منذ وصوله..
ومضت لحظات من الصمت، ثم فتحت (مها) الباب..
ولثوان تطلعت إليه، وإلى ابتسامته في حذر وتساؤل، قبل أن تقول في تردد:

- بابا؟
هتف بكل سعادته لرؤيتها:
- نعم يا (مها).. أنا أبوك.
صاحت:
- بابا.. مرحبًا بك.. مرحبًا.
عانقها في حرارة وســـعادة، ودخل معها – لأول مرة – إلى شقته الجديدة..
كانت شقة واسعة فاخرة بالفعل، كل ركن فيها يشف عن ذوق زوجته وأناقتها، ولكن أين ذهبت صورة زفافهما؟..
انتبه فجأة إلى أنه لا توجد أية صـــورة له، في أي ركن بالمنزل، وأدرك لحظتها لماذا ترددت ابنته (مها)، قبل أن تصافحه..
لقد نسيت ملامحه تقريبًا..
ثلاث سنوات لم يرسل إلى أولاده فيها صورة واحدة، ولا يرون صـــوره في المنزل، في الوقت ذاته، فمن الطبيعي إذن أن ينسوا ملامحه تقريبًا ..
شعر بمزيج من الأسف والمرارة لهذا، وأدهشه أن قادته ابنته إلى حجرة الصالون، وهي تقول:
- ستعود أمي بعد قليل.
قال محتجًا:
- سأنتظرها في حجرتنا.
لاحظ تردد ابنته، فأضاف في حزم:
- أين حجرتنا؟
قادته إلى الحجرة في استسلام، وكأنها مرغمة على هذا، وسألها وهو يلقي سترته فوق الفراش، ويضع حقيبته إلى جواره:
- أين ذهبت أمك؟

أجابته في خفوت:
- إلى مصفف الشعر (الكوافير).
سألها:
- وأين (تامر) و(حمادة)؟
أجابته ولهجتها تحمل شيئًا من الضجر:
- (تامر) عند مدرّس الجغرافيا، و(حمادة) لم يعد من مدرسته بعد.
ثم سألته في لهفة:
- ماذا أحضرت لنا معك؟
أجابها في ضيق:
- لقد أرسلت إليكم أشياء كثيرة في الشهر الماضي، واليوم أحضرت حقيبتي فحسب.
ألقت نظرة مفعمة بخيبة الأمل على الحقيبة، وهي تغمغم:
- حقًا!
قال في حنق:
- ألا تشعرين بالفرح لرؤيتي؟
ألقت عليه نظرة حذرة، قبل أن تقول:
- بالطبع.
قالتها بلهجة خاوية من أية انفعالات، ثم غادرت الحجرة، وتركته وحده حائرًا متوترًا..
ماذا أصابها؟..
لماذا تتعامل معه وكأنها تستقبل ضيفًا ثقيلًا؟..
لم يفهم سر هذا الأسلوب، حتى عاد (تامر) و(حمادة)، في وقت واحد تقريبًا، ولم يكد يعلن عن عودته، حتى هتف (تامر):
- أبي عاد.. ماذا أحضرت لنا معك يا أبي؟
وصاح (حمادة) في سعادة:

- هل أحضرت السيارة الصغيرة، التي طلبتها منك؟
أحنقه كثيرًا اهتمامهم بما أحضـــره، أكثر من اهتمامهم بحضوره، فأجاب في عصبية:
- لا.. لم أحضر شيئًا.
بدت خيبة الأمل على وجهي (تامر) و(حمادة)، وفتر حماســـهما تمامًا، حتى أن أجوبتهما عن أســـئلته جاءت مقتضية مجاملة، كما لو كانا يجيبان ضيفًا، أو واحدًا من مدرسيهما..
وضـــاق صـــدره بالموقف، وراح يتطلّع إلى ســـاعته في قلق، في انتظار عودة زوجته، عسى أن يجد في سعادتها لرؤيته تعويضًا عما أزعجه من لقاء أولاده..
وأخيرًا حضرت الزوجة..
أدهشـــة رؤيتها في البداية، بشـــعرها الأصـــفر الذهبي المصبوغ، وزينتها المبالغة، وهي تهتف به:
- (حسان)!.. يا لها من مفاجأة!.. متى وصلت؟
صـــافحها في حرارة، وأخبرها أنه وصـــل منذ قليل، ثم سألها:
- أتصبغين شعرك؟
ابتسمت وهي تتحسّس شعرها، قائلة في زهو:
- هل يروق لك اللون؟
أجابها مجاملًا:
- نعم.. إنه يناسبك تمامًا.
كان كاذبًا في قوله، فلون شـــعرها الذهبي لم يكن ينـاســـب أبدًا بشـــرتها الســـمراء، ولكنه آثر الهدوء، وعدم الخروج في مجادلات عقيمة، وفضل عدم مناقشتها أمام أولادهما، فانتظر حتى ضمتهما حجرة نومهما، وسألها:
- لماذا تصبغين شعرك؟

قالت في بساطة:
- الأشقر هو الموضة هذه الأيام.
أخرجت من حقيبتها علبة سجائر أجنبية، التقطت منها سيجارة، دستها بين شفتيها المصبوغتين، وأشعلتها بقدَّاحة ذهبية، فسألها في دهشة:
- منذ متى تدخنين؟
أجابته في هدوء:
- منذ عامين.
ثم أضافت وهي تنفث دخان السيجارة في عمق:
- كل نساء الطبقة الراقية تفعلن هذا.
هتف في دهشة:
- الطبقة الراقية؟!.. من وضع هذه الفكرة الغبية في رأسك.
قالت في حدة:
- ليست فكرة غبية.. إنها واقع.. ألا تشاهد أفلام السينما؟
لعن أفلام السينما، وكل الأفكار العجيبة، التي تغرسها في رؤوس الناس، وبدأت بينه وبين زوجته مشادة، حسمها وهو يقول في مرارة:
- حسنًا.. لم أقطع كل هذه المسافة، لنتشاجر بسبب هذا.
تلفتت حولها في لهفة، وهي تسأله:
- أين حقائبك؟
أجابها وقد فهم ما ترمى إليه:
- لم أحضر سوى حقيبتي.
هتفت في ضيق:
- فقط.
أجابها وهو يختنق غيظًا:
- كان سفرًا مفاجئًا سريعًا.

أدهشها أن قالت في أسف:
- يا للخسارة!
لحظتها أدرك لماذا قضى في الغربة ثلاث سنوات كاملة.
لقد احتمل كل هذا؛ لينساه أولاده..
ليخلوا بيته من صورته..
لتصبغ زوجته شعرها ..
وتبدل سيارتها..
احتمل العذاب والوحدة والهوان والمرارة، لتنفث زوجته
كل هذا، مع أنفاس سيجارة أجنبية الصنع..
وفي آلية، وبلا أدنى لهفة أو انفعال، سألته زوجته:
- كم ستبقى؟
وبكل مرارة الدنيا في أعماقه، أجاب:
- سأرحل في الصباح الباكر.. لم يعد لي مكان هنا..
وكان يعني ما يقول.

هروب السفاح

لست أدري لماذا توقفت بالسيارة لألتقطه، في ذلك اليوم، الذي انهمرت فيه الأمطار كالسيول..

ربما لأنه كان يبدو لي بائسًا مسكينًا، وقد أغرقته مياه الأمطار، وهو يبحث عبثًا عن واحدة من سيارات الأجرة، في ذلك الوقت المتأخر..

وعندما ألقى جسده على المقعد المجاور لي، كان يلهث في شدة، ويغمغم:

- شكرًا لك.

لم يحاول حتى إلقاء نظرة على وجهي، وإنما تطلع أمامه، وهو يجفف وجهه بمنديل صغير قذر، في حين رحت أنا أتأمله في اهتمام، وأنا أنطلق بالسيارة..

كان نحيلًا، طويل القامة، تشف ملامحه عن شيء من الصرامة والقسوة..

وكمحاولة لاجتذاب وده، سألته:

- هل تستمع إلى بعض الموسيقى؟

أومأ برأسه إيجابًا، دون أن ينطق بحرف واحد، فأدرت المذياع في هدوء، ورحت أبحث بين موجاته عن البرنامج الموسيقي، حتى توقفت عند موجة تنبعث منها الموسيقى في نعومة، وواصلت سيري بالسيارة، حتى توقفت الموسيقى فجأة وراح المذيع يقول:

- سيداتي آنساتي سادتي.. أصدرت وزارة الداخلية اليوم بيانًا، تحذر فيه المواطنين من سفاح هارب.

بدا التوتر على وجه الرجل، واعتدل يستمع في اهتمام، والمذيع يتابع:

- وهذا السفاح مصاب بجنون شديد الخطورة، على الرغم من مظهره العادي، فهو نحيل، طويل القامة، و...

اختلســت النظر إلى وجه الرجل، الذي عقد حاجبيه في شــدة، ومال برأســه إلى الأمام في تحفز، وراحت يداه تبحثان عن شيء مجهول، والمذيع يردد:

ـ وهذا الســفاح، الذي فر مســاء اليوم من مســتشـفـى الأمراض العقلية، من النوع الدموي، الذي يحب إراقة الدماء، والقتل لمجرد القتل، ويقول علماء النفس إن هذا النوع من القتلة المصــابين بالجنون، يحمل في أعماقه نزعة سادية، وعشقًا لتعذيب الآخرين ورؤية الدماء، و.. كان جاري قد اعتدل في حدة، عند هذه النقطة، وراح يتطلع إلى وجهي في توتر، ويده تمســك واحدًا من المفاتيح المعدنية، التي تســتخدم لإصــلاح الســيارات، ويرتفع نحوي..

وفجأة ضـغطت أنا كامح ســيارتي، وتوقفت الســيارة في عنف، واندفع جسد الرجل إلى الأمام، وعندما اعتدل في ســرعة، كانت يدي ترتفع فوق رأســه بقضــيب معدني ثقيل..

واتسعت عيناه في شدة..

وهويت على رأسه بالقضيب المعدني..

وتحطمت جمجمته في صوت مسموع..

وتفجرت منها الدماء..

ولكنني لم أتوقف..

رحت أضربه وأضربه.. وأضربه..

والمذيع يتابع:

ـ وزارة الداخلية تطلب من المواطنين عدم اســتفزاز ذلك الســفاح، خشــية أن يواجههم بالعنف، فهو ـ كما ســبق أن أشرنا ـ يحب رؤية الدماء.

تبًا لهؤلاء المسئولين.. كيف علموا أنني أحب الدماء..

وانطلقت من حلقي ضـحكة عالية مجلجلة، وأنا أضـرب الجمجمة المحطمة في عنف..
والدماء تتناثر..
وتتناثر..
وتتناثر   ..

أضعف خلقه

"أتطالبني حقا بنصيبك؟"

انكمش الشـيخ (أحمـد) في مقعده، وهو يتطلع إلى ابن شـقيقه (طاهر)، الذي نطق العبارة السـابقة في شـراسـة مخيفة، تقافز لها الشـرر من عينيه، وتشـكلت لها ملامحه في هيئة شيطانية رهيبة، قبل أن يستطرد في غضب:

- أي نصيب هذا؟

ازدرد الشـيخ (أحمد) لعابه في صـعوبة، وهو يتطلع إلى (طاهر)، الذي بدا له عملاقًا، بقامته الرياضية الممشوقة، وصـدره العريض، وعضـلاته المفتولة، وتمتم الشـيخ في خفوت:

- نصـيبي في الأرض يا ولدي.. أنت تعلم أنني ووالدك (رحمـه الله)، كنـا شـريكين في قطعـة الأرض، ولكنهـا كانت مسجلة باسم والدك وحده، و...

قاطعه (طاهر) في صوت هادر:

- أنت قلتها.. كانت مسجلة باسم والدي وحده، وهذا يعني أنـه لانصـيب لك فيهـا.. ولا مترًا واحدًا.. القـانون هو القانون.

ازدرد الشيخ (أحمد) لعابه مرة أخرى، وقال:

- لسـت أتحدث عن القانون يا ولدي، ولكن عن العدالة والحق.. لقد سمعت والدك بنفسك يتحدث عن مشـاركتي له في قطعة الأرض، ويشير إلى نصيبي فيها، قبيل وفاته بأيام، و...

قاطعه (طاهر) ثانية:

- لم أسمع شيئًا.

شـعر الشـيخ (أحمد) باليأس، وهو ينظر إلى ابن شـقيقه الجاحد، وراح يقارن – دون وعي – ما بين ضـخـامة

(طاهر) وضـآلته هو، قبل أن يقول في لهجة أقرب إلى الضراعة:

- يا ولدي، لا تجعل الطمع يعمي عينيك عن الحق.. أنت تعلم أنني أمتلك ربع قطعة الأرض، فلماذا ترفض منحي ما أملك؟

تراجع (طاهر) في مقعده، وقال في سخرية:

- أي حق هذا يا عماه؟.. هل تمتلك عقدًا مكتوبًا؟.. أو حتى وثيقة قانونية واحدة؟.

تنهد الشيخ (أحمد)، وقال:

- في جيلنا كان الأمر يختلف كثيرًا يا ولدي، ولم يكن الشــقيقان يحتاجان إلى عقود مكتوبة، لضــمان حق كل منهما لدى الآخر.

أطلق (طاهر) ضحكة ساخرة عالية، وقال:

- فليدفع جيلكم ثمن هذا إذن.

شعر الشيخ (أحمد) بقلبه يمتلئ سخطًا، فقال في توتر:

- لا تضطرني لفعل ما أكره يا ولدي.

ابتسم (طاهر) ساخرًا، وقال:

- وماذا يمكنك أن تفعل؟

قال الشيخ (أحمد) في حدة:

- من يدري؟.. يضــع الله (سبحانه وتعالى) ســره، في أضعف مخلوقاته.

قهقه (طاهر) ضـاحكًا، في تهكم شديد، قبل أن يشير إلى عمه في ازدراء، قائلًا في لهجة لم تتلاشــى السخرية من حروفها بعد:

- أي سر يا رجل؟.. ألم تلق نظرة واحدة على وجهك في المرآة؟.. ألم تدرك أبدًا أي مخلوق تافه أنت؟.. ألم تنتبه إلى أنك قد تجاوزت الثمانين من عمرك؟

هتف الشيخ في غضب:
- اسمع يا (طاهر).. لقد تجاوزت حدودك كثيرًا..
سأرفع الأمر إلى القضاء، ولدي شهود، سيؤكدون أحقيتي في قطعة الأرض.
اشتعلت نيران الغضب في عيني (طاهر)، وهو يقول:
- شهود؟
ثم مال نحو عمه، مستطردًا في شراسة مخيفة:
- أتتصور أنك ستخيفني بهذا؟
انكمش الشيخ (أحمد) أكثر وأكثر في مقعده، وراح جسده يرتجف، أمام نظرة (طاهر) الرهيبة، في حين استطرد هذا الأخير في عدوانية واضحة:
- يبدو أنك لا تدرك ما يمكنني أن أفعله بك.. هل ترى هذه الحشرة؟
قالها وهو يشير إلى نملة صغيرة، تسللت إلى سطح المائدة، وراحت تحث الخطى نحو ذرة من السكر، سقطت عفوًا، وأضاف في غضب:
- سأسحقك مثلها.
وسحق النملة بطرف سبابته في عنف..

✿✿✿

هز الطبيب رأسه في دهشة تمتزج بالرهبة، وهو يغمغم:
- لم أر مثل هذا أبدًا.. لقد قرأت يومًا عن هذا الأمر، ولكنني لم أشاهده طوال حياتي المهنية قط.
استمع إليه ضابط الشرطة في صمت، ثم رفع عينيه إلى الشيخ (أحمد)، وسأله:
- ماذا حدث بالضبط أيها الشيخ.
هز الشيخ (أحمد) رأسه في حيرة، وأجاب:

- لست أدري أيها الضابط.. لقد سحق النملة بطرف سبابته، ثم أطلق شهقة، واحتبست أنفاسه في حلقه، وخيل إلى أن وجهه ينتفخ ويحتقن، ورفع يده نحوي، وكأنه يستنجد بي، إلا أنه لم يلبث أن سقط عند قدمي جثة هامدة.. لست أدري ماذا حدث؟

تطلع الضابط إلى جثة (طاهر) في حيرة، ثم سأل الطبيب:

- أهناك تفسير علمي لهذا؟

أومأ الطبيب برأسه إيجابًا، وقال:

- نعم.. إنها حساسية فائقة لحمض النمليك، الذي تفرزه النملة، عند التعرض للخطر، أو عند سحقها.. إنه أمر يشبه الحساسية الفائقة لعقار البنسلين، ولكنه شديد الندرة، بحيث تجده لدى واحد من كل تسعة ملايين من البشر.. لقد سحق النملة، فقتله الحمض الذي أفرزته، بمجرد أن مس طرف سبابته.

هز الضابط رأسه في رهبة، وعاد يتطلع إلى جثة (طاهر)، قبل أن يقول في أسف:

- يا لحكمة الله (سبحانه وتعالى)!!.. كل هذا العنفوان والشباب والقوة، وتقتله نملة واحدة!.. سبحان الله..

خيل إليه أن الشيخ (أحمد) يبتسم، وهو يقول:

- يضع الله (سبحانه وتعالى) سره في أضعف مخلوقاته يا ولدي.

واتسعت ابتسامته قليلًا، وهو يستطرد:

- أليس كذلك؟

✿✿✿

أعرف ماذا فعلت

ارتجفت أصابع (صالح)، وهو يدفع باب حجرة مكتب خاله (عبد الفتاح)، وتسارعت نبضات قلبه في قوة، وهو يخطو إلى داخل الحجرة المظلمة، ويغلق بابها خلفه في إحكام، ثم لم يلبث أن ألقى جسده على أول مقعد صادفه، وراح يلهث في شدة، وكأنما أتى مجهودًا جبارًا..

كان يرتعد، من قمة رأسه حتى أخمص قدميه، على الرغم من ثقته الشديدة بأن فيلا خاله خالية تمامًا، غارقة في الظلام، لا تتردد فيها أنفاس سوى أنفاسه اللاهثة..

ولكنه لم يكن سارقًا محترفًا، حتى يمكنه تمالك أعصابه، وهو يُقدم على أوَّل عملية سرقة في حياته، بل إنه على العكس – صاحب أعصاب أضعف مما ينبغي.

صحيح أنه أعد خطته في ذكاء، ونجح في سرقة مفتاح خزانة خاله، وصنع نسخة منه، وإعاده، دون أن يشعر خاله بهذا، ثم انتظر في صبر، حتى سافر خاله مع أسرته إلى (الإسكندرية)، كعادتهم في الإجازات الصيفية، وأسرع ليتم خطته، ويستولى على كل الأموال، في خزانة خاله البخيل..

وعلى الرغم من هذا، فهو ليس سارقًا محترفًا..

إنها الظروف، التي دفعته إلى هذا..

ظروف تلك العادة القبيحة..

الميسر..

إن (صالح) مقامر من الطراز الأول، لا يمكنه مقاومة الجلوس على مائدة القمار، كلما رأى أوراق اللعب في أيدي الآخرين..

أو حتى ملقاة وحدها..

ولكنه ليس من الطراز الأول، بالنسبة للربح والخسارة..

إنه يخسر أكثر مما يربح..
أكثر بكثير..
وفي هذه المرة كانت خسارته فادحة..
لقد خسر كل ما يملك، وأعطى دائنيه بعض الشيكات دون رصيد، وهو يعلم أنهم لن يترددوا في إلقائه خلف القضبان، لو لم يسدّد لهم ديونه، حتى آخر قرش، وفي الموعد المحدد..
ولقد طلب من خاله أن يقرضه المبلغ..
ولكن الخال رفض..
ولم يكتف بالرفض، وإنما راح يكيل له الاتهامات، وينعته بمختلف النعوت..
وهنا نبتت الفكرة في رأسه..
لم لا يعاقب خاله، بسرقة أمواله؟
راقت له الفكرة، فوضعها على الفور موضع التنفيذ..
فلماذا يرتعد هكذا إذن، عندما حانت اللحظة الحاسمة؟..
تطلع من مقعده إلى الخزانة، وشعر بساقيه تخذلانه، وراودته فكرة إرجاء العملية كلها، ثم لم يلبث أن تذكر أن خاله يكتفي عادة بإيصال عائلته إلى (الإسكندرية)، ثم يعود في اليوم التالي لمواصلة عمله، تاركًا الأسرة هناك، وهذا يعني أن إرجاء العملية يساوي فشلها، وإضاعة الفرصة المناسبة إلى الأبد، ودخوله السجن، و...
لا.. لن يرجئ العملية..
نهض في حزم، واتجه إلى الخزانة، ودسّ المفتاح في ثقبها، وهو يتساءل:
لماذا يستخدم خالة خزانة عتيقة الطراز إلى هذا الحد؟..
لم لا يستخدم خزانة حديثة، ذات أرقام سرية مثلًا؟..
ولكن هكذا هو، عتيق الطراز..

يؤمن بكل الماضي، ويرفض الحاضر والمستقبل..

ولكن ما شأنه هو بمعتقدات خاله، فليحصل على النقود، ويغادر المكان بسرعة..

ولن يترك بصـــماته على الخزانة بالطبع، فهو يرتدي قفازين مطاطيين..

إنه لم يترك أية فرصة للخطأ..

ولكن ماذا لو أن الخزانة فارغة؟..

ارتجف للفكرة، فأســـرع يفتح باب الخزانة عن آخره، ثم ابتسم في ارتياح..

ها هي ذي الأموال تطالعه..

رزم أوراق النقد، التي يخفيها خاله في منزله، خوفًا من الضـــرائب.. وبسـرعة أسرع ينقل النقود إلى حقيبته، ثم أغلق الخزانة، وانتزع منها المفتاح، وغادر الفيلا، وألقى المفتاح وسط حديقتها، ثم تسلّق سورها الخلفي، المطل على منطقة مهجورة مقفرة، لن يلمحه فيها أحد..

لقد نجح..

نفذ الخطة كما وضعها تمامًا..

وها هو ذا يعبر السور إلى الخارج و...

وفجأة اصطدمت عيناه بعيني رجل..

رجل متين البنيان، أشـــيب الفودين، يرتدي قميصًـــا وسروالًا عاديين، بدا وكأنه ينتظره خارج أسوار الفيلا، ويرمقه بنظرة نارية صارمة..

وارتجف (صالح)، وهو يتطلّع إلى العينين الصـارمتين، وغمغم مرتبكًا:

ـ إنني أحد سكان الفيلا، ولقد قفزت عبر السور بسبب..

قاطعه الرجل في صرامة:

ـ أعرف ماذا فعلت.

هوى قلب (صـالح) بين ضلوعه، وارتعد صوته، وهو يقول في لهجة بدت أقرب إلى الضراعة:

- لم أفعل شيئًا.

كرر الرجل في صرامة:

- أعرف ماذا فعلت.

انهار (صـالح) على الفور، وهتف والدموع تتجمع في عينيه:

- لم أكن أقصد هذا.. صدقني.. إنني لست لصًا بطبعي.. إنها الظروف.. الظروف التي..

قاطعه الرجل مكررًا الجملة نفسها:

- أعرف ماذا فعلت.

انحدرت الدموع من عيني (صالح)، وهو يقول:

- أرجوك.. لا تتسبب في إلقائي في السجن.. إنني أبغض السجون والقضبان.. أرجوك.

ثم رفع حقيبته إلى الرجل، هاتفًا:

- سأعطيك نصف ما حصلت عليه.. ما رأيك؟.. إنه مبلغ ضخم و...

للمرة الثانية قاطعه الرجل:

- أعرف ماذا فعلت.

أدرك (صالح) ما يعنيه الرجل..

إنه يطلب الغنيمة كلها..

لا ريب أنه لص محترف، أدرك أنه يواجه هاويًا، فقَّرر تجريده من غنيمته، والاستيلاء عليها لنفسه..

وهو لص ضخم الجثة، لن ينجح (صـالح) في مقاومته أبدًا..

وفي مرارة قال ضارعًا:

- ألا تترك لي شيئًا؟

بدت عينا الرجل أكثر صـرامة، فارتجف (صـــالح)، وناوله الحقيبة مستسلمًا، وهو يقول:

- ها هي ذي.. ها هي ذي.

ولم يكد الرجل يمسك الحقيبة، حتى أطلق (صالح) لساقيه الرياح، مبتعدًا عن المكان، ولم يتوقف عن الركض، إلا عندما بلغ منطقة مأهولة بالسكان، فراح يلهث في قوة..

لقد خسر النقود..

خسر كل ما خطط له..

وفجأة توقفت إلى جواره سيارة كبيرة، وقفز منها رجلان ضـخما الجثة، فتراجع صــارخًا في ذعر، ولكن أحد الرجلين ربت على كتفه، قائلًا:

- معذرة يا سـيدي.. إننا لن نقصـد إفزاعك، ولكننا نبحث عن رجل.

ردد في دهشة:

- رجل؟!

أجابه الآخر.

- نعم.. إنه رجل ضـخم الجثة، متين البنيان، أشـــيب الفودين، يرتدى قميصًا وسروالًا عاديين.

تعرف الرجل على الفور، فسألهما مرتجفًا:

- أهو مجرم خطير؟

هز الأول رأسه نفيًا، وقال:

- أبدًا.. إنه وديع للغاية، ولكنه يحدق أحيانًا في العيون بصرامة مفتعلة، ويردّد دائمًا عبارة واحدة.

شحب وجه (صالح)، وهو يقول:

- عبارة واحدة!!

أجابه الرجل مشفقًا:

- نعم.. عبارة تقول: ‏"أعرف ماذا فعلت".. إنه يردّدها دون أن يدرك معناها.. ولكن هذا ما يفعله كل المجانيين.. أليس كذلك؟

ترنح (صالح) في مكانه..

إذن فالرجل مجنون..

مجرّد مجنون..

امتلأت نفسه بمرارة لا حد لها، والرجل يسأله:

- هل رأيته؟

أجابه في حنق:

- لا.. لم أره.

وقبل أن يلقى عليه الرجل سؤالًا آخر، كان قد اندفع عائدًا إلى تلك المنطقة المهجورة، حيث ترك الرجل.. المجنون..

آخذ يعدو بكل ما يملأ نفسه من حنق ومرارة؛ حتى يمكنه اللحاق بذلك المجنون، قبل أن يفرّ بالأموال، التي بذل هو كل هذا الجهد؛ ليحصل عليها..

وشعر بالارتياح، عندما رآه هناك..

كان يقف في نفس الموقع، يعبث بالحقيبة، محاولًا فتحها.. وفي صرامة، اتجه إليه (صالح)، وقال:

- أعطني الحقيبة.

تراجع الرجل، وهو يرمقه بتلك النظرة الصارمة، ولكن (صالح) لم يبال بها هذه المرة، وإنما صاح في غضب:

- قلت أعطني الحقيبة.

وأمسك الحقيبة في قوة، ولكن الرجل حاول انتزاعها منه، فصاح (صالح):

- لن أتركها لك.. لن تحصــــل عليها بعد كل ما فعلته من أجلها.

راح المجنون يصـرخ بصـوت مزعج، وهو يتشبـث بالحقيبة في قوة، فصاح به (صالح):

ـ اصمت.. إنك ستوقظ المنطقة كلها.. اصمت.

ولكن المجنون واصـل صـراخـه الحاد المزعج، فالتقط (صالح) حجرًا كبيرًا، وصرخ:

ـ قلت لك اصمت.

هوى بالحجر على رأس الرجل مرة.. ومرة.. ومرة ثالثة. وصمت المجنون..

صمت إلى الأبد..

وتوقف (صالح) مبهوتًا، والحجر الملوث بالدماء في قبضته، والمجنون تحت قدميه صـريعًا، وقد تهشـمت جمجمته.

وفجأة، انطلقت من خلفه شهقة، جعلته يلتفت إلى صدرها في رعب..

إنهما الرجلان، اللذان يبحثان عن المجنون.. لماذا لحقا به إلى هنا؟..

هل جذبتهما صرخات ذلك المجنون؟..

لم يطل تساؤله، وأحد الرجلين يهتف:

ـ ماذا فعلت؟

وصاح الثاني:

ـ أعرف ماذا فعلت.. لقد قتلت الرجل.. قتلته دون ذنب جناه.. أعرف ماذا فعلت.

راح الرجل يرددها في استنكار واشمئزاز، في حين تجمد (صالح) كالتمثال، وفي رأسه تدور العبارة نفسها.. نعم.. أعرف ماذا فعلت.. ولكن عزائي الوحيد هو أنني لن أذهب إلى السجن، بل إلى الحبل.. حبل المشنقة..

وفجأة انطلق (صالح) بقهقه في جنون، وشق صوته ظلام الليل، وهو يصرخ:
- نعم.. أعرف ماذا فعلت.. أعرف ماذا فعلت..
وترك الحقيبة تسقط..
بلا مبالاة..

ياللنساء

هي مشكلة المشاكل، في حياتي كلها..

فهي صديقتها..

صديقة زوجتي..

وهذه المشكلة لم تبدأ بعد زواجنا، وإنما قبل هذا بكثير، فهي صديقة زوجتي منذ طفولتهما وصباهما..

وهي – كالمعتاد – نديمة أحلامها، وكاتمة أسرارها..

وهذا هو المزعج في الأمر..

فمنذ خطبتنا، لاحظت أن زوجتي (خطيبتي آنذاك) شديدة التعلق بصديقتها (نسرين)، وأنهما تتزاوران أكثر مما ينبغي – من وجهة نظري – ولكنني لم أوَلِ هذا الأمر اهتمامًا شـديدًا، في أيام الخطبة؛ لأن ظروف عملي لم تكن تسـمح لي إلا بأوقات قليلة، أقضـيها مع خطيبتي أسـبوعيًا، وكان من المسـتحيل بالطبع أن نقضـي هذه الأوقات القليلة في مناقشة أمر كهذا، إذ كان لا يكاد يكفينا لنختلس سويعات من الحديث الهامس العاشق..

ولكن، وفي المرات القليلة، التي ألتقى فيها بـ (نسرين)، في أثناء فترة الخطوبة، لاحظت أمرًا لم يرق لي أبدًا..

لاحظت أن (نسرين) تعرف عني كل شيء تقريبًا..

أو بمعنى أدق، تعرف كل ما أرويه لـ (صابرين) – خطيبتي – عن نفسي..

وكان هذا يعني أن (صابرين) تروي لـ (نسرين) كل شيء..

حتى ما أرويه لها..

وكان هذا يضـايقني كثيرًا، بل يشـعرني أحيانًا بالحرج والحنق، وبأنني أشبه بشخص خاضع لمراقبة دقيقة، فلا يملك حتى الاحتفاظ بلحظات شخصية وخاصة..

ولكنني – للأسف – لم أعترض حينذاك..

وتزوجنا..

تزوجت (صــابرين)، وأنــا أعلم أنني في الواقع قـد تزوجتهما معًا..

أو فقدتهما معًا..

فمنذ أول صــباح لنا، لعنت ذلك الهاتف، الذي ظلتا تتبادلان الحديث عبره لســاعة كاملة، قبل أن أقنع (صابرين) بضرورة إنهاء المحادثة، لمنح باقي المهنئين فرصة الاتصال بنا..

وبعد أشــهر قليلة، بدأت تلك المحادثات الهاتفية تتخذ طابعًا مخيفًا..

طابع الهمس..

كانت (نسرين) تزورنا كثيرًا، بمعدل لا يقل عن مرتين يوميًا، وعلى الرغم من هذا، فقد كانت تتحدث مع (صــابرين) لســاعة ونصف يوميًا على الأقل، عبر الهاتف..

وفور ظهوري، كان حديثهما يتحول إلى الهمس الحذر، وكأنني ضــيف غير مرغوب فيه، أو عدو شــرير، لا ينبغي له معرفة ما يدور بين الأصدقاء..

وكنت واثقًا من أن (صابرين) تفعل نفس ما كانت تفعله، أيام خطبتنا.. كانت تروي لها أسرارنا..

وهنا شــعرت بخطورة هذه الصــداقة، وبضــرورة العمل على إنهائها بأي ثمن..

ولكن كيف؟..

هذا هو السؤال؟..

في البداية لجأت إلى الأسلوب المباشــر البســيط، وصارحت (صابرين) بكل ما يضايقني، بشأن علاقتها بـ

(نسرين)، وطالبتها بتخفيف صداقتها بها، ولكنني فوجئت بـ (صابرين) تواجهني في عدوانية عجيبة، وهي تقول:

ـ ولماذا لا تقطع أنت علاقاتك بأصدقائك؟

قلت في دهشة:

ـ وما شأن أصدقائي بالأمر؟.. إن صداقتي بهم لم تمس يومًا حياتنا الزوجية.. إنك حتى لا تعرفينهم، وهم غير معتادين على زيارتنا.

قالت في صرامة:

ـ هذا شأنهم، أما صداقتي أنا بـ ـ (نسرين)، فهي صداقة متينة، لا تنفصم أبدًا.

هتفت في غضب:

ـ ولكن ليس من حقك نقل أسرارنا إليها.

قالت في حدة:

ـ لا تلق الاتهامات جزافًا.. ألديك دليل واحد على ما تقول؟

أجبتها في مرارة:

ـ لسنا هنا في محاكمة، لتطالبيني بالدليل.

صاحت:

ـ ولسنا هنا في سجن، لتطلب مني قطع علاقتي بأفضل صديقة لدي..

وهنا أدركت أن هذه الوسيلة فاشلة تمامًا، وأن (صابرين) لن تقطع علاقتها بـ (نسرين) أبدًا إكرامًا لي..

وكان علي أن أجد وسيلة أخرى..

وبدأت في معاملة (نسرين) بشيء من البرود والتجاهل، عسى أن تشعر أنها ضيف غير مرغوب فيه، فتكف عن زيارتنا..

ولكن (نسرين) لم تنقطع أبدًا عن زيارتنا..

كل ما حدث هو أن زوجتي أصبحت تستقبلها عند الباب، وتنتقل معها مباشرة إلى حجرة الصالون، وهناك تنهمكان في حديث هامس، من المؤكد أنني وأسلوبي محوره الأول..

وبدأت (صابرين) تعاملني في جفاء مماثل، وكأنها تنتقم لصديقتها مني..

وأدركت أن هذا الأسلوب أيضًا قد فشل..

وأخذت أبحث عن أسلوب آخر..

وفجأة قفزت تلك الفكرة إلى رأسي..

وكانت فكرة جهنمية بحق..

وعبقرية..

وفي أول زيارة لـ (نسرين)، كنت مستعدًا تمامًا، فارتديت أفخر ثيابي، وأكثرها أناقة، وحلقت ذقني في عناية، وصففت شعري جيدًا، وأضفت لمسة من عطر رجالي فاخر، ثم أسرعت أسابق زوجتي، وأستقبل (نسرين) بابتسامة عريضة..

وفي ذلك اليوم كانت دهشتهما كبيرة – (نسرين) و(صابرين) – عندما بالغت في الاحتفاء بـ (نسرين)، وتبادلت معها حديثًا وديًا باسمًا، وتصورت زوجتي أن هذه هي طريقتي في الاعتذار، عن معاملاتي الجافة السابقة، مع صديقة عمرها..

ولكنها لم تفهم ما أعتزمه..

لقد كانت هذه هي البداية..

مجرّد البداية..

وفي الأيام التالية رحت ألعب دور العاشق الولهان، فأعود في كل يوم إلى المنزل، ومعي زهرة حمراء، وشـريط أغنيات (عبد الحليم حافظ)، وأظل طيلة الوقت

استمع إلى الأغنيات في هيام، وأنا أرفع الزهرة إلى أنفي كل دقيقة.
ورحت أسـأل في لهفة عن مواعيد زيارات (نسـرين)، وأحرص على اسـتقبالها بكل أناقة، بل على إحضـار بعض الحلوى الأنيقة اللذيذة، كلما حضرت لزيارتنا..
وبعد أسـبوع واحد، ألقيت طعمًا جديدًا، عندما خاطبت زوجتي باسم (نسرين)، وأنا أتظاهر بالشرود..
وبدأت زوجتي تضيق بزيارات (نسرين)، وبعد أن كانت تنتظرها في لهفة، في حين ضـاعفت أنا من تظاهري باللهفة لتلك الزيارات، ومن حفاوتي الزائدة بـ (نسرين)، عند قدومها..
ولأول مرة منذ حداثتهما، بدأت بعض المشـاحنات البسيطة تنشأ، بين (صابرين) و(نسرين)، وفي كل مرة كنت أقف إلى جوار (نسـرين) في حماس، حتى لم تعد زوجتي تطيق زيارات (نسرين)، أو حتى سماع اسمها..
ثم كانت المشاجرة الكبرى بينهما..
وبعدها انقطعت (نسرين) عن زيارتنا تمامًا..
وانقطعت المحادثات الهاتفية..
ومنذ ذلك اليوم، أصبحت (صابرين) تثور، كلما سألتها عن (نسرين)، وعن سر غيابها الطويل..
وأدركت أنني قد توصلت إلى ما أبتغيه، باستخدام أقوى سلاح ضد المرأة..
الغيرة..
تلك الغيرة التي جعلت زوجتي تخسـر صـداقة عمر بأكملة..
والتي جعلتني أربح سـعادتي وارتياحي في منزلي، دون تدخل منها..

من صديقتها.

تصادم

"ظلم".

الكلمة الوحيدة التي راح عقل (منصـــور) يرددها مرات ومرات، وهو يعبر الشارع، من شوارع وسط العاصمة في سرعة..

رددها عقله في مرارة، غير مصدق أن حياته العملية، قد انتهت هكذا بغتة، بعد خمسة وثلاثين عامًا من العمل..

فجاة أعلنته إدارة شئون العاملين أنه قد بلغ السن القانونية للإحالة إلى المعاش، وأن عليه أن يسـلم سـيارته، ويقبع في بيته ككم مهمل..

وهذا ظلم..

إنه يعمل سائقًا في هذه الشركة، منذ خمسة وثلاثين عامًا، دون أن يرتكب مخالفة واحدة.

أو حتى يخدش سيارة الشركة خدشًا صغيرًا..

إنه ليس كسـائقي هذه الأيام، الذين يقودون سـياراتهم في اسـتهتار، غير عابئين بما يصـيبها، أو يصـيب المارة أوالسيارات الأخرى بسببها..

إنه من ذلك الطراز القديم، الذي يحترم سيارته، ويحيطها برعايته واهتمامه، وحتى بحنانه، كما لو كانت ابنته..

كان يبدأ صـباحها بقطرات من الماء، يبلل بها سـطحها اللامع، ثم يصقل هذا السطح، حتى يصير كالمرآة..

وكان السـائق الوحيد الذي لا يبلى محرك سيارته إلا بعد أن تكون السـيارات الأخرى قد أحيلت إلى التقاعد منذ زمن، واسـتسـلمت لتجار الخردة، يبترون أطرافها وأجزائها..

مازال يذكر كيف بكى في حرارة، حينما أعلنته ورشة الإصلاح أن السيارة التي بدأ عمله عليها لم تعد صالحة

للعمل، بعد عشــرين عامًا، اســتبدل خلالها محركها مرتين..

يومها قضى ليلته إلى جوار السيارة، يربت على سطحها، ويبلله بدموعه..

وعندما تم بيعها، في إحدى مزادات الشــركة، خيل إليه أنهم يبيعون أحد أبنائه أو بناته..

ومع تســلمه تلك السيارة الجديدة، التي حلت محلها، قرر أن يمنحها عمرًا أطول من سابقتها..

وراح يحافظ عليها على نحو مبالغ فيه ..

ولكنهم اســتبدلوا أخرى بها بعد خمس ســنوات فحسب، ليس لأنها لم تعد صــالحة للاســتعمال، وإنما لأن رئيس مجلس إدارة الشــركة يراها ذات طراز قديم، لا يناســب مركزه..

وفي المرة الثالثة اســتبدلوا الســيارة بعد ثلاثة أعوام فحسب..

ولم تنخفض هذه المدة..

واعتاد (منصــور) أن يتم اســتبدال أخرى بالسيارة كل ثلاث سنوات بالتمام والكمال..

عزاؤه الوحيد هو أن السيارات لم تعد تباع لتجار الخردة، بل راحت تنتقل في ترتيب تنازلي..

من رئيس مجلس الإدارة إلى مدير الشــركة، ثم مدير المستخدمين، فرئيس العمال..إلخ..

وظل (منصــور) الســائق الخاص لرئيس مجلس الإدارة، الذي يتبدل أيضًا كل خمس أو ست سنوات..

وعلى الرغم من اختلاف رؤســاء مجــالس الإدارة، واختلاف مشــاريعهم، لم يشــك أحدهم مجرد شــكوى من (منصور)..

كان بالنسبة إليهم جميعًا أفضل سائق بالشركة، وأكثرهم أدبًا واحترامًا..

وعلى الرغم من سجله النظيف، لم تتردد إدارة شئون العاملين في إحالته إلى المعاش..

وعندما أصابه الهلع، هرع إلى رئيس مجلس الإدارة مستنجدًا، فابتسم هذا الأخير في إشفاق، وقال:

ـ إنه القانون يا عم (منصور)..

أي قانون هذا؟..

بل أي ظلم؟..

إنه لا يزال بصحة جيدة..

إنه لم يحتج حتى إلى منظار طبي..

ولم يرتكب حادثة واحدة..

وقع بصره بغتة على الإشارة الحمراء، فتوقف دفعة واحدة، إلا أنه، وعلى الرغم من هذا، اصطدم برجل نحيل قصير، ألقته الصدمة وسط الطريق، وهو يسب ساخطًا.. وجمدت الدماء في عروق (منصور)، عندما رأى سيارة تندفع نحو الرجل النحيل، الملقى وسط الطريق، ثم سمع صرير إطاراتها العنيف، عندما ضغط سائقها كماحة سيارته بكل ما يملك من قوة..

وتوقفت السيارة على قيد خطوة واحدة من النحيل، الذي هب واقفًا، وراح يصرخ في وجه (منصور):

ـ هل أنت أعمى؟..

شحب وجه (منصور)، ورأى شرطي المرور يسرع إليه، وأيقن من أنه قد ارتكب مخالفته الأولى، بسبب شروده..

وفي مرارة واستسلام، أخرج (منصور) رخصة قيادته، ومد يده بها للشرطي، الذي تطلع إليها في دهشة، وقال:

- وما شأني بها؟

فجأة انتبه (منصور) إلى سر دهشة شرطي المرور..

وفجأة أيضًا، وجد نفسه يقهقه ضاحكًا..

صحيح أنه قد اصطدم بالرجل، وألقاه وسط الطريق، ولكن هذا لن يلوث سجله قط، وسيبقى ذلك السائق، الذي لم يرتكب في حياته مخالفة قيادة واحدة..

لأن عم (منصور) لم يكن – بكل بساطة – يقود أية سيارة هذا الصباح..

كان يمشي على قدميه..

لأول مرة..

✿ ✿ ✿

إلى الأمام

نقل طبيب مستشفى الأمراض النفسية عينيه في شك، بين وجهي (أيمن) وزوجته (سناء)، قبل أن يسأل الأول في اهتمام:

ـ هل تطلب إخراجها حقًا؟

أحاط (أيمن) كتف زوجته (سناء) بذراعه في حنان، وهو يقول:

ـ نعم.. لقد شفيت تمامًا كما هو واضح، وهي تحتاج إلى حبي وحناني في هذه المرحلة، بأكثر مما تحتاج إلى العقاقير والصدمات الكهربائية.

وأدار عينيه إلى زوجته، مستطردًا في حب:

ـ أليس كذلك؟

منحته نظرة حب وامتنان، والتصقت به في وجد، وكأنما تعلن عن صحة رأيه، فامتلأ وجهه بابتسامة عريضة، وهو يقول للطبيب:

ـ الحب خير دواء يا سيدي الطبيب.. صدقني.

هز الطبيب رأسه متشككًا، وقال:

ـ إنني طبيب، ولست أديبًا مثلك، ومهنتي تجعلني لا أقتنع إلا بالقواعد العلمية في هذا الشأن.

سأله (أيمن) في مرح:

ـ وماذا تقول القواعد العلمية، في أمر حبيبتي (سناء)؟

تطلع الطبيب إلى (سناء) طويلا، ثم قال موجهًا حديثه إلى (أيمن):

ـ القواعد العلمية والطبية تقول أنه من الخطأ إخراج أي مريض من مصحة نفسية، قبل تمام شفائه.

أجابه (أيمن) بابتسامة عريضة:

ـ ولقد شفيت (سناء) تمامًا.

لوح الطبيب بكفه، قائلًا:

- من يثبت هذا؟

أجابه (أيمن) في جدية:

- أنسـيت الحالة التي دخلت بها المسـتشـفى؟.. نوبات الهياج والثورة، والعصبية الزائدة، واتهامي المسـتمر بالخيانة والخداع.. أنظر إليها، إنها هادئة وديعة كالحمل.

تنهد الطبيب، وقال:

- من الواضح أنك تجهل الكثير عن الطب النفسي، وعن الجنون يا سيد (أمين)، فالجنون الخطير ليس كما تصوره الروايات الأدبية وأفلام السـينما.. ليس سـفاحًا طليقًا، أو رجلًا زائغ البصـر، ثائرًا كالليث.. الجنون الحقيقي قد يكمن في أعماق إنسان هادئ وديع، بل بالغ الذكاء.

أطلق (أيمن) ضحكة، وقال:

- هل تحاول إخافتي؟

زفر الطبيب في عمق، وقال:

- لا يا سيد (أيمن).. لست أحاول شيئًا، ولا يمكنني منعك من اصطحاب زوجتك إلى منزلك، فهذا حقك.

سأله (أيمن) في لهفة:

- هل يمكننا أن ننصرف إذن؟

مط الطبيب شفتيه، وقال؟

- كما يحلو لك.

ثم اعتدل مستدركًا:

- ولكن لو شـعرت، في أية لحظـة، بضـرورة عودة زوجتك إلى هنا، فلا تردد أبدًا.

انكمشـت (سـناء) في خوف، والتصـقت بزوجها، الذي ضمها إلى صـدره في حنان، وكأنما يسبغ عليها حمايته، وقال في حزم:

- اطمئن يا سيدي.. إنها لن تعود إلى هنا بإذن الله.

وعندما اصطحب زوجته إلى سيارته خارج المستشفى، كانت تتعلق بذراعه في حب، جعله يربت على رأسها في حنان، ولم يكد ينطلق بالسيارة، حتى سألها في مرح:

- إلى أين تحبين الذهاب، قبل أن نعود إلى منزلنا؟

أجابته في خفوت واستكانة:

- إلى أي مكان يروق لك.

تطلع إليها في حنان، وقال:

- ما رأيك في المقطم؟

قالت بنفس الخفوت والاستكانة:

- لا بأس!

قاد سيارته إلى هضبة المقطم، وأوقفها فوق ربوة عالية، والتفت إليها يقول في حب:

- هل يروق لك المشهد؟

أجابت مبتسمة:

- رائع.

غادر السيارة معها، ووقفا على حافة الربوة، وأحاط وسطها بذراعه، وهو يقول:

- كم أشتاق إليك يا حبيبتي!!

أراحت رأسها على كتفه، وهي تقول في حنان:

- أنا أيضًا أشتاق إليك.

داعب خصلات شعرها المتطايرة في حب، وهو يقول:

- يا لحماقة هؤلاء الأطباء!.. كيف يتصورون أن ملاكاً مثلك يمكن أن يصاب بالجنون؟

التصقت به في خوف، ورفعت عينيها إليه، متمتمة:

- لا تعدني إليهم يا (أيمن).. أرجوك.

ضمها إلى صدره في قوة، وهو يقول:

- مستحيل يا حبيبتي.. مستحيل!!

ثم داعب ذقنها بسبابته، مستطردًا بابتسامة عذبة:

- أنا أعلم أنها كانت مجرد نوبة عصبية عابرة، وأنك أعقل زوجة في الكون كله.

أراحت رأسها على كتفيه مرة أخرى، وهي تغمغم:

- أحبك يا (أيمن).

قال في حنان:

- أنا أيضًا أحبك.

ثم أشار إلى المشهد الممتد أمامهما، مستطردًا في حماس:

- ما رأيك أن نشتري قطعة أرض هنا، ونبني فوقها فيلا أنيقة؟

غمغمت:

- كما يحلو لك يا حبيبي.

قال في نشوة:

- سيحتاج هذا إلى بعض العمل والكفاح، ولكن لا يهم، مادمت معي.

تمتمت:

- سأفعل كل ما يسعدك يا (أيمن).

أسعده حنانها، وقال:

- كل ما أريده منك هو أن تكوني خلفي، فهم يقولون إن وراء كل عظيم امرأة، وأنت ستكونين خلفي بحبك وحنانك يا (سناء).. أريد منك أن تدفعيني إلى الأمام.. إلى الأمام دومًا..

اتسعت عيناه في ذعر، عندما شعر بدفعة قوية في ظهره، ورأى جسده يميل إلى الأمام في حدة..

- ماذا فعلت أيتها التعسة..

تحولت عبارته إلى صـرخة رعب هائلة، وهو يهوى من حالق، في حين وقفت زوجته (سـناء) تتابع سـقوطه في هدوء، وهي تتساءل في أعماقها عن سر صراخه..

إنها زوجة محبة مطيعة، لم تفعل سوى ما أمرها به ..

لقد دفعته إلى الأمام..

فقط..

عدالة السماء

"حكمت المحكمة ببراءة المتهم، لعدم كفاية الأدلة.. "

ابتسم (خيري) في سخرية واثقة، وهو يستمع إلى حكم المحكمة، الذي يسمعه للمرة الثالثة، خلال عامين فحسب.

كان قاتلًا محترفًا بحق، ارتكب أكثر من عشــرة جرائم قتل، دون أن يقع مرة واحدة في يد العدالة..

لأنه أكثر القتلة حرصًا..

لم يرتكب جريمة قتل واحدة واحدة في حياته كلها، دون أن يتخذ كل الاحتياطات الواجبة، ودون أن يؤمن لنفســه أدلة النفي مسبقًا..

وهذا مـا جعلـه أكبر القتلـة المحترفين أجرًا، في العـالم السفلي بـ(مصر)..

وعلى الرغم من محـاكمتـه ثلاث مرات، بتهمـة القتل العمد، مع سبق الإصرار والترصد، إلا أنه لم يدن مرة واحدة، لعجز النيابة عن إحضار أدلة الاتهام الكافية..

ولقد أثار هذا حنق وكيل النيابة في شدة..

وعندمـا أنهى (خيري) إجراءات الإفراج هـذه المرة، اعترضه وكيل النيابة، وهو يقول في حنق:

- لا تتصور أنك ستنجو إلى الأبد يا (خيري).. لن تسمح لك عدالة السماء بهذا قط.

ابتسم في سخرية، وقال:

- كل شيء قانوني يا سيادة وكيل النيابة.

أجابه وكيل النيابة في سخط:

- ربما يعجز القانون عن الإيقاع بك، ولكن القانون الإلهي لن يعجز أبدًا.

أطلق (خيري) ضحكة ساخرة، وقال:

- دع القانون الإلهي لقضائه.

هز وكيل النيابة رأسه في مرارة، وهو يقول:
- وهل أملك سوى هذا؟
وغادر (خيري) سراي النيابة مزهوًا فخورًا.
- واتجه بسيارته الفاخرة مباشرة إلى ملهى ليلي أنيق، اعتاد ارتياده..
ولم يكد يدلف إلى الملهى، حتى اعترضه صاحب الملهى، وقال في صرامة:
- ابتعد أيها القاتل، لن نسمح لك بدخول ملهانا مرة أخرى.
أزاحه (خيري) عن طريقه في استهتار، وهو يقول:
- افسح الطريق يا رجل.. لا يمكنك منعي من دخول ملهى عام، ما دمت أملك ثمن تذكرة الدخول.
صاح صاحب الملهى في غضب:
- إنه ليس ملهى عامًا.. إنه ملك لي.
هوى (خيري) على فكه بلكمة قوية، وهو يقول:
- ابتعد إذن، قبل أن ينتقل إلى الورثة.
سقط صاحب الملهى، وهو يصرخ:
- هل تهددني بالقتل أيها الحقير.. أيها المجرم؟
تخطاه (خيري) في سخرية، واتخذ مكانه خلف منضدة أمامية، وراح يطلق ضحكات مرحة طيلة ساعتين، وكأنما يتعمد إغاظة مدير الملهى، الذي توارى في حجرته محنقًا ساخطًا..
وبعد مرور الساعتين، أقترب أحد خدم الملهى منه، ومال على أذنه، قائلًا:
- المدير يأمرك بالانصراف فورًا، وإلا ألقاك خارجًا.
التفت إليه (خيري) في غضب، وقال في صوت مرتفع، وبلهجة تحد، تعمد أن يسمعها الجميع:

- قل لمديرك هذا أن يغلق أسنانه على لسانه، وإلا اقتطعته من جثته.

خيل إليه أن عيني الخادم قد برقتا في ظفر، وهو يقول همسًا:

- الأفضل أن تبلغه بنفسك يا سيدي، فلن يمكنني نقل هذه الرسالة إليه.

نهض (خيري) بحركة حادة عنيفة، وهو يقول:

- نعم.. سأخبره بنفسي.

اتجه في خطوات عنيفة صارمة إلى حجرة المدير، وتبعته الأبصار كلها في قلق، وتبعه الخادم في خطوات واسعة، وفتح له باب حجرة المدير..

وكانت الحجرة مظلمة، فقال (خيري) في صرامة:

- هل يختبئ مديرك في الظلام يا رجل؟

بدا له صوت الخادم حاملًا نبرة ساخرة، وهو يقول:

- إنه الآن في الظلام بالتأكيد.. خذ هذا.

ثم دفع (خيري) إلى الأمام بحركة مفاجئة عنيفة، بعد أن وضع في يده شيئًا ما..

وارتطمت قدم (خيري) بجسم لدن..

وسقط..

وفي نفس اللحظة أضاء الخادم نور الحجرة..

واتسعت عينا (خيري) في ذهول..

لقد كان يرقد فوق جسد المدير..

بل فوق جثته..

كان المدير على أرض حجرته جثة هامدة، جاحظة العينين، وسط بركة من الدماء، تسيل من موضع طعنة خنجر في صدره..

وفجأة أدرك (خيري) ما هذا الشـــيء، الذي ناوله إياه الخادم، قبل أن يدفعه أرضًا..

لقد كان الخنجر..

سلاح الجريمة..

وأطلق الخادم صرخة هائلة، وهو يقول:

- لقد قتله.. لقد قتل المدير..

ورآه (خيري) يبتســم في ســخرية، وهو يقول هذا.. ورآه يلقي منديله بعيدًا..

وقبل أن ينهض من موضــعـه، كـانـت الحجـرة مكتظـة بعشــرات الرجال، الذين اتســعت عيونهم في هلع، وهم ينقلون أبصـــارهم بين جثة المدير ووجه (خيري)، الذي راح يصرخ:

- إنني بريء.. أنا لم أقتله...

وبعد ساعة واحدة، كان وكيل النيابة يبتسم في ظفر، وهو يقول:

- كنت أعلم أنك ستقع حتمًا، ولكنني لم أتصور أن يتم هذا في نفس ليلة الإفراج عنك.

صرخ (خيري):

- إنني بريء.. أقسم لك إنني لم أقتله هذه المرة.

هز وكيل النيابة رأسه، وقال في إرتياح:

- لن يفيد الإنكار هذه المرة.. كل الأدلة ضـدك.. كل رواد الملهى سمعوك تهدده بالقتل، وكلهم شهدوا بأنك قد انتقلت إلى حجرته والشـر يتقافز من عينيك، والخادم رآك تقتله، وبصماتك واضحة على سلاح الجريمة، و...

قاطعه (خيري) صارخًا:

- ولكنني لم أرتكب هذه الجريمة.. أقسم لك..

ظل يردد هذا القسم طيلة الوقت، حتى في أثناء محاكمته..

ولم يعلم أبدًا لماذا فعل به الخادم هذا.

ولم يتوقف عن الصراخ بأنه بريء..

لم يتوقف إلا عندما توقفت في جسـده أنفاس الحياة، وهو يتدلى من حبل المشنقة..

وفي لحظاته الأخيرة كان قد أدرك أنه هناك دائمًا وجه آخر..

للعدالة..

كلام أطفال..

"أنا الوحش الجبار"..

نطقها الطفل الصغير، ذو الأعوام الستة، وهو يعقد حاجبيه في شدة، ويبرز أنيابه الصغيرة على نحو مضحك، جعل والدته تبتسم، وهي تقول:

- لقد أخفتني بالفعل.

ضحك الصغير في مرح، وانطلق عائدًا إلى حجرته، وهو يصرخ:

- أنا المرعب.

عقد الوالد حاجبيه في قلق، وهو يقول:

- إنهم يفسدون عقول الصغار بتلك الخرافات، التي تزخر بها الأفلام السينمائية هذه الأيام.

ابتسمت الوالدة في حنان، وهي تقول:

- أبنك يتميز بخيال جامح.

غمغم في ضيق:

- وعدواني.

اقتربت منهما الخادمة، وقطعت حديثهما، وهي تقول في آلية:

- هل ننظف حجرة السيد الكبير اليوم؟

التفتت الزوجة إلى زوجها في قلق، وقالت:

- ما رأيك؟

مط شفتيه، وتنهد قائلًا:

- لا بأس، إنها لن تظل مغلقة إلى الأبد..

بدا الارتياح على وجه الخادمة، وانصرفت إلى حيث حجرة الجد، الذي انتقل إلى رحمة الله منذ عام كامل، وراقبتها الوالدة، وهي تختفي في نهاية الممر الطويل،

الذي يقود إلى الحجرة، ثم ربتت على كف زوجها، قائلة في إشفاق:

- يسعدني أنك قد وافقت أخيرًا.

أشـاح بوجهه، ليخفي دمعة ترقرقت في عينيـه، وهو يقول:

- أنت تعلمين كم كنت أحب أبي، حتى أنني أعجز عن رؤية حجرته خالية..

ربتت على كفه مرة أخرى، وقالت في حنان:

- ولكن كان من الضـروري أن ننظف الحجرة، فهي لن تبقى أكثر من عام مغلقة.

تمتم وهو يمسح دمعته خفية:

- بالتأكيد.

اندفع الصغير إلى حيث يجلسان، وهتف في حماس:

- أمي.. أبي.. لقد عثرت الخادمة على حفرة عميقة في حجرة جدي.

داعب الوالد رأس الصغير، وغمغم:

- لا بأس يا صغيري.. لا بأس.

ابتسم الصغير في مرح، ولوح بكفيه، قائلًا:

- هل سيخرج منها الوحش الكبير؟

ربت على رأسه، قائلًا:

- لا توجد وحوش كبيرة أو صـغيرة، في عالم الواقع يا بني.. كل هذا مجرد خيال.

أومأ الصـغير برأسـه متفهمًا، وأسـرع عائدًا إلى حجرة الجد، ووالدته تهتف به:

- حذار من الأتربة الكثيفة.

والتفتت إلى زوجها، مستطردة:

- ألم أقل لك إنه يمتلك خيالًا جامحًا؟

تمتم الوالد:
- أكثر مما ينبغي.
اندفع الصغير مغادرًا حجرة الجد، وهو يهتف:
- أبي.. أمي.. لقد صعد الوحش الكبير من الحجرة وأمسك الخادمة.
عقد والده حاجبيه، وهو يقول في صرامة:
- ينبغي أن تكف عن هذا اللغو.
قالت الوالدة، محاولة تهدئة الأب:
- إنه مجرد كلام طفل، و..
قاطعها في حدة:
- بل هو كذب متعمد.
خشيت أن يتعاظم الأمر، فقالت:
- صدقني.. إنه كلام أطفال.
أما الصغير، فقد شحب وجهه، وغمغم:
- لقد خرج الوحش من الحفرة بالفعل، وأمسك الخادمة، جذبها إلى حفرته ليلتهمها.
قال والده في صرامة:
- هكذا؟!.. لماذا إذن لم تصرخ الخادمة مستنجدة؟
لوح الصغير بذراعيه، هاتفًا:
- لقد أمسك وجهها، وكتم فمها، و...
صرخ به والده:
- كف عن هذا.
ثم جذبه من ذراعه، واتجه به نحو حجرة الجد، مستطردًا:
- سأثبت لك أنك كاذب.
لحقت بهما الوالدة، وقد أدهشها أن يتجه زوجها إلى حجرة والده الراحل، التى خشي رؤيتها طيلة عام كامل، وهي تهتف:

- صدقني.. إنه كلام أطفال.. لا تجعله يثير أعصابك إلى هذا الحد.

رأت زوجها يحدق داخل حجرة الجد، ثم يتراجع في حدة، وأدركت أنه لم يحتمل رؤية الحجرة الخالية، كما كانت تتوقع، فلحقت به، وهي تقول مشفقة:

- أرأيت ما فعله بك كلام الأطفال.. لقد..

بترت عبارتها بغتة، واطلقت شهقة رعب قوية..

لقد كانت هناك حفرة كبيرة في زاوية الغرفة، وإلى جوارها آثار مخالب حادة في الأرضية..

وقد اختفت الخادمة المسكينة..

اختفت إلى الأبد..

الحل المنطقي

"ما الحل المنطقي أيها العبقري؟"

ألقى عليه الجالس إلى جواره هذا السؤال، فالتفت يتطلع إليه في هدوء، ثم عاد يملأ عينيه بذلك المكان، الذي يجلسان فيه..

لم يكن المكان عاديًا..

كان مساحة بالغة الضخامة، أشبه بصحراء صفراء منبسطة، بلا نتوءات أو انخفاضات، وفي نهايتها كانت هناك بنايات شاهقة، وحركة دائبة لملايين البشر، الذين يمكنه تمييزهم في صعوبة بالغة..

ولكن.. هو نفسه ليس بالرجل العادي..

إنه أشهر رجل تحريات في العالم أجمع..

وهو أكثرهم عبقرية، في فن الاستنتاج، حتى أنه يفوق (شيرلوك هولمز) نفسه، البوليس السري الأشهر..

ومرة أخرى راح يفحص المكان حوله، فسأله الجالس إلى جواره في لهجة أقرب إلى السخرية:

ـ ألم تتوصل بعد إلى معرفة ما يحدث حولك؟

بدا له الصوت مألوفًا هذه المرة، فالتفت إلى الجالس، وأدهشه أنه زميل حجرته، الذي ينافسه منذ عملهما معًا في هذا المجال، وتساءل في حيرة: كيف لم ينتبه إلى هذا منذ البداية؟ ولكنه قال في عناد:

ـ سأتوصل إلى الحل حتمًا.

نهض زميله، قائلًا:

ـ ستجدني إذن في مكتبي.

تركه واتجه إلى مبنى خلفهما، لم ينتبه هو إليه إلا في هذه اللحظة أيضًا..

والعجيب أنه كان يشبه حجرتهما في إدارة الأمن..

وبكل العناد في أعماقه، غمغم هو:

- هناك تفسير حتمًا لكل هذا.

نهض يدير عينيه فيما حوله، ويشحذ عقله وحواسه للبحث عن الاستنتاج المناسب، حتى عاد إليه زميله، وسأله في شماتة:

- هل توصلت إلى شيء؟

أجابه في اعتزاز:

- الوصول إلى الاستنتاجات الصحيحة يحتاج إلى معلومات.. فينبغي أن أعرف أولًا اسم هذه المدينة هناك.

قال زميله في سخرية:

- أية مدينة؟

التفت إلى حيث البنايات الشاهقة، ثم عقد حاجبيه في دهشة، فلم تكن هناك بنايات، ولم يكن هناك بشر.. كانت هناك واحة ضخمة من النخيل..

وفي نبرة أشد سخرية، قال زميله:

- ما الحل أيها العبقري؟

صمت لحظات، ثم قال:

- الأمر ليس عسيرًا كما تتصور.. لقد ظهرت أشياء، واختفت، وظهرنا نحن في مشهد واحد، وفي مكان يصعب وجوده في عالم الواقع، كما أنه من المستحيل أن ينتقل مكتبنا إلى هنا أيضًا.

سأله زميله في اهتمام:

- وما الذي يعنيه كل هذا؟

رفع العبقري سبابته أمام وجهه، وقال:

- يعني أن كل هذا.. أنا، وأنت، والصحراء، والمدينة، والواحة، والمكتب.. كلنا لسنا في عالم الواقع، وإنما كل هذا مجرد حلم.. حلم عادي..

ثم استيقظ من نومه..

❀ ❀ ❀

انتقام القدر

"أيمكنني شراء هذه السيارة القديمة؟"

رفعت العجوز عينيها في بطء، تتطلع إلى صاحب السؤال، الذي بدا لها ممشوق القوام، عريض المنكبين، حاد الملامح، فملأت عينيها بوجهه طويلًا، ثم نقلت بصرها إلى نموذج السيارة الكبير، الذي انتشر الصدأ في أطرافه، وبدا زري الهيئة، حتى أن أحدًا من رواد متجر لعب الأطفال، الذي تملكه، لم يعد يلتفت إليه بتاتًا، بل إن البعض يخشون لمسه، لكثرة الأتربة التي تغطي كل ركن فيه، وكأنما تتعمد العجوز إهماله على هذا النحو..

وفي هدوء، أعادت العجوز عينيها إلى الرجل، وقالت:

- إنها غالية الثمن.

ابتسم الرجل ابتسامة لم ترق لها، وهو يقول:

- ولكنها تروق لي.

غمغمت العجوز:

- حقًا؟

عادت تتطلع إلى النموذج القديم لحظة، ثم أضافت:

- إنها تساوي ألفي جنية.

رفع الرجل حاجبيه في دهشة، وهتف:

- يا إلهي!.. إنها غالية الثمن جدًا.

أشاحت بوجهها، وقالت في صرامة:

- هذا ثمنها.

صمت الرجل لحظات، وهو يتطلع إلى النموذج القديم في اهتمام..

كان نموذجًا من الصفيح المطلي، لسيارة من طراز (المرسيدس)، يعود تاريخ السيارة الأصلية، التي صنع النموذج على شاكلتها، إلى عام ١٩٠٣م، ولقد برع صانع

النموذج في صـنعه، فبدا شـديد الإتقان والوضوح، لولا الصدأ والأتربة..

وقال الرجل مستنكرًا:

- إنه نموذج قديم، و...

زمجرت العجوز، وقالت في شراسة:

- لست أقبل مساومة.

سـاد بينهما الصـمت لحظات أخرى، ثم قال الرجل مستسلمًا:

- حسنًا.. هل يمكنني فحص النموذج؟

سألته في خشونة:

- هل ستشتريه؟

قال مستسلمًا:

- نعم.. سأشتريه.

مدت يدها إليها، قائلة:

- ادفع ثمنه أولًا إذن.

زفر في اسـتسـلام، وأخرج حافظة نقوده، ونقدها الثمن الذي طلبته، فتألقت عينا هـا على نحو عجيب، و عادت تتطلع إلى وجه الرجل طويلًا، ثم نهضت، قائلة:

- تعال.. سأسمح لك بفحصه في المخزن.

حملت النموذج القديم إلى المخزن، الملحق بـالمتجر، وتبعها الرجل في تردد، حتى وضعت النموذج في ركن المخزن، فاتجه إليه في لهفة، وقال:

- ما كل هذه الأتربة؟.. إنه يبدو كما لو أن أحدًا لم ينظفه منذ عام كامل.

غمغمت:

- بل منذ سبعة أشهر بالتحديد.

لم يهتم بجوابها، وهو يمسح الأتربة عن النموذج في لهفة، ثم راح يفحصه في شغف شديد، حتى سمع صوت العجوز من خلفه تقول:

- لن تجد ما تبحث عنه.

التفت إليها في سرعة، ثم شهق في ذعر، وتراجع في عنف، عندما رآها تصوب إليه مسدسًا، وهتف:

- ما هذا يا سيدتي؟

قالت في بغض شديد:

- لقد كشفت نفسك.

قال ملتاعًا:

- كشفت نفسي؟!.. ماذا تعنين يا سيدتي؟

أطلقت ضحكة شرسة، وقالت:

- لا تحاول.. أنت تعلم ما فعلته بابني.

لوح بكفيه، وهو يقول:

- ابنك؟!.. أقسم لك إنني لا أعرف ابنك هذا يا سيدتي، وإنني..

صرخت به:

- اخرس.

ابتلع رعبه مع كلماته، وهو يحدق في وجهها، وفي المسدس المصوب إليه، وهي تتابع في حدة:

- كنت أعلم أن القاتل سيوقع بنفسه.. لقد بدأت أحوال ابني تضطرب منذ ثمانية أشهر، ولكنني لم أدرك حقيقة ما أصابه، إلا بعد فوات الأوان.. كنت واثقة من أنه يأتي عملًا غير مشروع.. كل شيء فيه كان يؤكد ذلك.. النظرات الزائغة.. الشحوب.. نقص الوزن.. كل هذا كان يقلقني ويعذبني، حتى كان ذلك اليوم المشئوم.

اتسـعت عيناها، وبدا صـوتها وحشــيًا مخيفًا، وهي تستطرد:

ـ عاد من الخارج يرتجف، وأخبرني أنه واقع في مأزق خطير، وأخرج من جيبه لفافة بيضــاء تحوي ذلك المسـحوق القاتل اللعين.. الهيروين.. وبكل رعبه، وأمام عيني المذعورتين، اتصـل بشـخص ما، وأخبره أنه سـيخفي المخدر في نموذج السيارة القديم، قبل أن تداهمه الشرطة.

ترقرق الدمع في عينيها، وأضافت:

ـ أنهي المحادثة، وأخبرني أن ذلك الشخص، الذي تحدث إليه، لن يتوان عن قتله، لاستعادة ذلك المسحوق الملعون، وأسـرع يضــعه في النموذج، ثم غادر المتجر مذعورًا مرعوبًا.

مسحت دموعها في مرارة، وقالت في ألم:

ـ ولم أره منذ ذلك الحين.. منذ سبعة أشهر كاملة.

شحب وجه الرجل في شدة، وقال:

ـ سيدتي.. أقسم لك إنني..

قاطعته في صرامة مخيفة:

ـ أدركت على الفور أن ذلك الشـخص المجهول قد قتله.. قتل ابني الوحيد، فلو أنه على قيد الحياة ما تركني أتعذب لفراقه هكذا.. كان سيتصل هاتفيًا على الأقل.. وكنت أعلم أن قاتله سيسعى حتمًا لاسترداد المسحوق، من النموذج القديم.

وفي بغض تابعت:

ـ ولقد أعدمت ذلك المسـحوق، الذي تسـبب في قتل ابني، وتركت النموذج بلا عناية أو رعاية، ووضـعت ثمنًا كبيرًا له، وكنت أعلم أن الشـخص الوحيد، الذي يمكنه أن

يقبل دفع ثمن كهذا، في نموذج قديم متهالك، هو إما مجنون، أو قاتل ابني، يسعى خلف المسحوق.

بكى الرجل في مرارة، وهو يقول:

- لا هذا ولا ذاك ياسيدتي.. إنني رجل أعشق جمع نماذج السيارة القديمة، وهذا النموذج نادر، يمكنني تنظيفه وطلاؤه، و...

قاطعته ثائرة:

- كاذب.. ما كنت لتدفع كل هذا المبلغ من أجله.

هتف منهارًا:

- إنه يساوي أكثر.. صدقيني.. أنا أعلم هذا، بصفتي هاويًا لجمع السيارات.. إنه يساوي على الأقل ثلاث آلاف جن...

قاطعته مرة أخرى، وهي ترفع مسدسها في وجهه:

- كاذب.. كاذب.

رآها تجذب إبرة المسدس، فاتسعت عيناه في رعب، وصرخ:

- لا يا سيدتي.. لا..

وأطلقت هي النار..

وسقط الرجل وسط مخزن لعب الأطفال، والدماء تنزف من ثقب في منتصف صدره...

وفي ارتياح، غمغمت العجوز، وهي تلقي المسدس إلى جوار جثة الرجل.

- نال ما يستحق.

ثم ربتت على النموذج القديم في حنان، وغادرت المخزن إلى المتجر..

واتسعت عيناها في ذهول..

لقد رأته أمامها..

على الرغم من هزاله وشحوبه عرفته على الفور..
وبكل لهفته، احتواها بين ذراعيه، هاتفًا:
- أمي.. كم أوحشتني.. سبعة أشهر لم أرك.
حدقت فيه ذهول، وهتفت:
- أنت؟!.. إذن فأنت لم تمت..
قال في دهشة:
- لا.. أنا على قيد الحياة يا أمي، ولكنني خشيت العودة طيلة الأشهر السبعة الماضية، وخشيت حتى الاتصال بك هاتفيًا.. لقد انتهى الأمر في سلام يا أمي.. سأعدم المسحوق.. لقد شفيت من ذلك الإدمان اللعين، وأبلغت الشرطة عن شريكي، وألقوا القبض عليه منذ يومين.. لقد نجوت يا أمي.
رددت ذاهلة:
- نجوت؟؟
ثم انفجرت باكية، وهي تستطرد:
- لماذا لم تصل قبل هذا؟.. لماذا وصلت بعد فوات الأوان؟
تراجع مغمغمًا في قلق:
- بعد فوات الأوان؟.. ماذا تعنين يا أمي؟.. ماذا تعنين؟
رأته يحدق فجأة في نقطة ما خلف ظهرها، وعيناه تحملان مزيجًا من الرعب والدهشة، جعلها تلتفت إلى حيث ينظر بدورها، قبل أن تتراجع مذعورة..
لقد رأت الرجل أمامها، وهو يترنح، ممسكًا بصدره، الذي ينزف في غزراة، وفي قبضته الأخرى مسدسها، الذي ألقته إلى جواره، وسمعته يقول في بغض:
- أيتها العجوز اللعينة..
رفع المسدس نحوها، فصرخ ابنها:

- لا.. ليس أمي..

حدث كل شيء بسرعة بعدها..

أزاحها ابنها بعيدًا..

انطلقت الرصاصة..

سمعت ابنها يصرخ في ألم..

ثم سقط الاثنان..

سقط الرجل، وسقط ابنها..

وأطلقت العجوز صرخة هائلة..

- إبني.. لا.. لا يا إبني.

وألقت نفسها على جثة ابنها، وراحت تصرخ بلا انقطاع..

لقد تم الانتقام..

انتقام القدر..

حيوان

"أنت تستحق القتل.."

ارتجف الكهل النحيل، عندما انطلقت هذه العبارة كالرصاصة في أذنيه، من بين شفتي الأستاذ (عبد العال)، مدير جمعية الرفق بالحيوان، الذي انعقد حاجباه الكثان على نحو مخيف، واكتست ملامحه كلها بمزيج من الغضب والصرامة، وهو يستطرد في حدة:

- لو أن الأمر بيدي، لأعدمتك في ميدان عام.

ازدرد الكهل لعابه في صعوبة، وقلب كفيه في حيرة، مغمغمًا:

- لماذا يا سعادة البك؟.. ما الذي فعلته لأستحق كل هذا؟

صرح الأستاذ (عبد العال) في وجهه:

- ما الذي فعلته؟!.. يا للهول!!.. أتجرؤ على إلقاء مثل هذا السؤال أيها الوقح؟.. ألا تدرك فداحة الجرم الذي ارتكبته؟

تمتم الكهل في مزيد من الحيرة:

- لا ياسيدي.. لست أدركه.. أخبرني أنت.

أطلق الأستاذ (عبد العال) زمجرة مخيفة، قبل أن يصرخ في وجهه:

- يا لك من تافه جاهل!.. ألم تضرب حمارك يارجل؟.. ألم تنهل على ظهره بعصاك، في وسط الطريق؟

خيَّل للكهل أنه لم يفهم، فقال وهو يضرب كفًا بكف:

- وماذا في هذا يا سعادة البك؟.. إنه حمار.. مجَّرد حمار.

صاح الأستاذ (عبد العال):

- بل هو كائن حي.

قال الكهل معترضًا:

- كائن حي غبي يا سـيّدي، والوسـيلة الوحيدة، للتفاهم معه، هي الضرب.. لاتوجد وسيلة أخرى.
ضـرب الأسـتاذ (عبد العال) سـطح مكتبه بقبضـته في عنف، وهو يقول:
- وهل جَّربت وسيلة أخرى؟.. هل حاولت أن تتعامل معه بحب؟
اتسعت عينا الكهل، وهو يهتف:
- حب؟!.. أتعامل مع حماري بالحب؟!.. ما الذي تقوله يا سـعادة البك؟.. من ذا الذي يتعامل مع حيوان كهذا بالحب؟.. إنه حيوان.. مجرد حيوان، مهمته هي أن يجعل حياتنا أيسر، وأن..
قاطعه الأستاذ (عبد العال) هادرًا:
- وأن نحيل نحن حياته إلى جحيم.. أليس كذلك؟
ثم اختطف قلمه، وقد التقى شـعر حاجبيه الكث على نحو مخيف، مستطردًا:
- لا يارجل.. إنك لسـت أمينًا على هذا الحمار، ولهذا سنأخذه منك.
صرخ الكهل في ذعر:
- تأخذونه؟.. تأخذون الحمار؟!.. يا للنهار الأسود!.. كيف تأخذونه يا سـعادة إليك؟.. إنه هو الذي يحملني إلى حقلي كل صباح، ويحمل متاعي وأثقالي و..
قاطعه الأستاذ (عبد العال) في صرامة:
- ولماذا لم تحافظ على هذه العلاقة الطيبة؟
ضرب الكهل كفًا بكف مرة أخرى، وهو يصرخ:
- أية علاقة يا بك؟.. إنه حمار.. حمااار.
ضـغط (عبد العال) زر الجرس، الموضـوع فوق مكتبه، وهو يقول في غضب:

- أخرج يارجل.. أخرج.

لم يكد يتم عبارته، حتى دخل فرَّاش مكتبه، ورفع يده بالتحية.

استجابة لنداء الجرس، فصاح به الأستاذ (عبد العال).

- ألق بهذا الرجل خارجًا.

راح الكهل يصرخ:

- والحمار يا سـعادة البك؟!.. ماذا عن الحمار؟.. أريد حماري.

تجاهله (عبد العال) تمامًا، وعدّل من وضـع رباط عنقه، وهو يقول في صرامة:

- قساة.

وبضمير مرتاح تمامًا، واصـل عمله في الجمعية، حتى انتهت ساعات العمل، فاستقل سيارة الجمعية، وأوصله بها سـائقها إلى منزله، فصـعد إلى المنزل بملامحه الصارمة كالمعتاد، ولم تكد زوجته تستقبله بالباب، حتى عقد حاجبيه في شدة، وسألها وهو يتطلع إلى عينيها:

- ماذا حدث؟.. هل كنت تبكين؟

تردَّدت لحظة، ثم خفضت عينيها، قائلة:

- نعم.. كنت أبكي.

سألها في قلق.

- لماذا؟.. ماذا حدث؟

انحدرت الدموع من عينيها، وهي تجيب:

- لقد رسب ابننا (فتحي) مرة أخرى.

صرخ (عبد العال) في غضب:

- رسب؟!

ثم اندفع داخل الشقة، مستطردًا في شراسة:

- هذا الغبي التافه.

تعلقت زوجته بذراعه في ذعر، وهي تهتف:
- إنه محدود الذكاء، كما أخبرنا الطبيب.. صدقني.. إنه لا يمتلك أكثر من هذا.
دفعها جانبًا، وهو يختطف عصا غليظة، من ركن الردهة:
- بل هو غبي ومستهتر، ويحتاج إلى درس قاس.
اندفع نحو حجرة ابنه، واقتحمها في عنف، وسمعت زوجته ابنها ينطلق شهقة رعب، ويصرخ:
- لن أرسب مرة أخرى يا أبي.. أقسم إنني لن أفعل.
حاولت أن تندفع لنجدة ابنها، إلا أن (عبد العال) أغلق باب الحجرة بالمفتاح في الداخل، وهو يقول في غلظة:
- أعلم أنك لن تفعل؛ بسبب ما سيحدث لك الآن.
ورفع العصا، وراح يهوى بها على جسد الفتى المسكين في قسوة، والصبي يطلق صراخًا عاليًا، انفطر له قلب أمه، وهي تذرف الدمع، وتصرخ:
- ارحمه يا (عبد العال).. ارحمه.. حاول أن تتعامل معه بالحب.
ثم راحت تدق الباب بقبضتها، وصراخ ابنها يمزق نياط قلبها، وهي تستطرد:
- رفقًا به يا (عبد العال).. رفقًا به.
ومامن مجيب.

✿✿✿

طريق الخوف

ازدرد (لطفي) لعابه في توتر، وهو ينطلق بسيارته عبر ذلك الطريق المقفر، الذي يربط ما بين طريق (الإسماعيلية) ومصيف (فايد)، مع غروب الشمس، وسرى في نفسه ذلك الخوف التقليدي، الذي ينتابه كلما قطع هذا الطريق، في فصل الشتاء، عندما يخلو من السيارات تقريبًا، بحيث يخيل إليه في كل مرة أنه ينطلق في عالم آخر، فنت كل أشكال الحياة على سطحه إلا منه، وأصبح أخشى ما يخشاه أن يهاجمه لص أو قاطع طريق، مستغلًا خلو الطريق، فيقتله أو يستولي على أمواله..

في كل مرة كانت نفس المخاوف تراوده، وتدفعه إلى أن يلعن إصرار زوجته على شراء تلك الفيلا في (فايد)، وقضاء معظم أيام السنة فيها، مما يجبره على السفر من (القاهرة)، حيث عمله، إلى (فايد)، مرتين أسبوعيًا على الأقل.

ومع اتجاه الشمس إلى المغيب، راحت مخاوفه تتضاعف وتتزايد..

ثم لمح فجأة تلك السيارة، التي تأتي خلفه، في مرآة سيارته..

ولسبب ما، سرت في جسده ارتجافة، مع مرأى السيارة الأخرى، فازدرد لعابة مرة ثانية..

ثم انتفض جسده دفعة واحدة..

انتفض مع صوت رنين مكتوم، انبعث من مؤخرة سيارته، ثم تلاشى بسرعة، فغمغم في ضيق:

- يبدو أن السيارة العجوز قد بدأت تعاني، من ذلك السفر المتكرر.

انحنى مع اتجاه الطريق، وواصل سيره بعض الوقت، حتى اختفت الشمس في الأفق، ثم رفع عينيه مرة أخرى إلى مرآة السيارة، متطلعًا إلى تلك السيارة الأخرى..

وهنا انتفض جسده بالفعل..

كانت السيارة تنطلق بسرعة كبيرة، وكأنها تسعى للحاق به..

وبحركة غريزية، ضغط (لطفي) دوَّاسة الوقود، وزاد من سرعة سيارته، ولكن السيارة الأخرى زادت من سرعتها بدورها، فغمغم (لطفي) في قلق:

- هل يطاردني أم ماذا؟

ارتجف جسده في رعب، عندما لحقت به السيارة، ثم مال بها سائقها نحوه، وأطل من نافذتها بوجهه الضخم الغليظ، وحاجبيه الكثين، وأشار إليه بالتوقِّف..

وهنا ذاب في نفسه كل شك..

إنه يطارده بالفعل..

هاهي ذي مخاوفه تتحوَّل إلى حقائق..

حانت لحظة مواجهة كل ما يخشاه..

وبكل الرعب الكامن في أعماقه، منذ ارتاد هذا الطريق بسيارته لأول مرة، ضغط (لطفي) دوَّاسة سيارته بكل قواه، وضاعف من سرعتها مرتين على الأقل، وانطلق بها كالصاروخ..

ولكن السيارة الأخرى ضاعفت من سرعتها بدورها..

إنها مطاردة ولا شك.

ارتجف في قوة، وتمنى لو لاحت أضواء (فايد)، لتبدِّد مخاوفه، وتقيه هذا الخطر..

ولكن يبدو أن قائد السيارة الأخرى يصر على مطاردته، وأن سيارته أقوى كثيرًا من هذه السيارة، إذ أن المطاردة

تسير في غير صالح (لطفي)، الذي راح العرق يتصبب على وجهه، وهو يقول في ضراعة:

- اسرعي أيتها العجوز.. اسرعي أيتها اللعينة..

صور له خياله السيارة الثانية، وهي تلحق به، وتجبره على التوقف، ثم يهبط منها قائدها بوجهه القاسي، ومسدس ضخم في قبضته، ويجبره على أن يمنحه كل أمواله، أو يقتله ليستولي على سيارته..

وهو لا يملك سلاحًا للأسف..

أي سلاح..

اقتربت منه السيارة الثانية مرة أخرى، وارتفع نبض قلبه، وهو يكشف فشل سيارته في الفرار من المطاردة، وراح يسأل نفسه في رعب:

- ماذا أفعل لو لحق بي؟.. كيف أدافع عن نفسي؟.. اللعنة على أفكار زوجتي، وعلى هذه السيارة العجوز!

أدرك أن نهاية المطاردة قد حانت، عندما أصبحت السيارة الثانية موازية له تمامًا، فهتف لنفسه في رعب:

- لابد أن أجد سلاحًا.. لن أستسلم هكذا.

انحرفت السيارة الثانية نحوه مرة أخرى، ولوح له سائقها بالتوقف، فانحرف بدوره على نحو غريزي، محاولًا الإفلات منه..

وتجاوزت سيارته الطريق الأسفلتي، واندفعت بضع لحظات في الرمال الكثيفة..

ثم توقفت بغتة..

وهوى قلب (لطفي) بين قدميه..

لقد وقع..

خسر المطاردة.. ووقع..

وفي مرآة سيارته، رأى قائد السيارة يغادر سيارته بدوره، ثم يتجه إليه بجسده الضخم المخيف، وهو يحمل شيئًا ما في يده..

شيء أشبه بساطور ضخم.

لقد أصبحت مسألة حياة أو موت..

والتقط (لطفي) أول شيء وقعت عليه يده..

ثم غادر السيارة..

غادرها وهو يحمل أحد أدواته الهندسية، التي يدرك جيدًا مدى ضعفها، عندما تواجه ساطورًا ضخمًا، وارتكن إلى السيارة يرتجف كريشة في مهب الريح، والضخم يقترب منه في بطئ مخيف..

وأخيرًا أصبح الرجل أمامه تمامًا، واتسعت عينا (لطفي) في رعب، وعجزت يده حتى عن رفع أداته الهندسية الضعيفة، والرجل ينظر إليه في صرامة، قائلًا:

- لقد أتعبتني كثيرًا.

لم يجرؤ على النطق بحرف واحد، حتى رفع الرجل ذلك ال شيء، الذي تصوّره (لطفي) ساطورًا ضخمًا، وهو يقول:

- خذ.

تناول (لطفي) هذا ال شيء في آلية، والرجل يستطرد:

- لقد سقطت منك، وأنا أحاول اللحاق بك طوال الوقت؛ لأعطيك إياها.

قالها، واستدار عائدًا إلى سيارته، وتاركًا (لطفي) مفغور الفاه يحدق في ظهره في ذهول، قبل أن يرفع ذلك الشيء، ويتطلع إليه في دهشة..

لحظتها فهم كل شيء..

الرنين المكتوم..

مطاردة الرجل له..

كل شيء..

كـان هـذا الشـــيء هو لوحـة الأرقـام المعدنيـة الخلفيـة لسيارته ..

وفجأة انفجر (لطفي) ضاحكًا..

لقد كانت مطاردة زائفة..

كل مخاوفه لم تكن تعني شيئًا.

وبدون أن يدري، وجد نفسه يلوح للسيارة الأخرى، وهي تبتعد، هاتفًا:

ـ شكرًا لك.

واتسعت ابتسامته في مرح، وهو يعود إلى سيارته، قائلًا:

ـ يا للمخاوف السخيفة!

وألقى نفسه داخل السيارة، ثم أدار المحرّك..

وهنا برزت داخلـه مخـاوف أخرى، لم تراوده أبـدًا من قبل..

مخاوف تحوَّلت بغتة إلى حقيقة..

لقد رفض محرك السيارة العجوز الاستجابة..

وبكل الرعب، حاول (لطفي) إدارة المحرك..

وحاول..

وحاول..

ولكن هيهات..

لن يستجيب المحرك أبدًا، وسيكون عليه أن يواجه ما لم يخطر بباله من قبل..

قضاء الليل هنا..

لقد كان يخشـــى المرور في هذا الطريق ليلا، أما الآن، فعليه أن يقضي ليلة كاملة في قلب الخوف.

✿✿✿

محطة فضائية

"من (ص- ٧) إلى السفينة الأم.. لقد عبرنا الغلاف الجوي للكوكب الجديد، ونحن نقترب من تلك الأضواء المتراقصة على سطحه.. "

انتقل ذلك النداء عبر الفضاء، بواسطة أشعة غير مرئية، من جسم طائر صغير، إلى سفينة فضائية هائلة، اختفت بلونها الداكن في ظلام الفضاء اللانهائي، واستقبل النداء قائد السفينة، الذي التفت إلى كبير خبراء الفضاء، الذي يقف إلى جواره، وسأله:

- ما هذه الأضواء في رأيك؟

هزّ خبير الفضاء كتفيه، وقال:

- إنها دليل على وجود حياة عاقلة على هذا الكوكب حتمًا.

ثم أردف في لهجة ذات مغزى خاص:

- حياة متطورة.

أومأ قائد السفينة برأسه موافقًا، وتطلع إلى الفضاء بنجومه، عبر نافذة ضخمة في مواجهته؛ ثم قال في خفوت:

- هل سنتعامل مع تلك الأضواء كالمعتاد؟

أجابه خبير الفضاء في هدوء:

- هذا يتوقَّف على طبيعتها.

وسرح بأفكاره لحظات، قبل أن يتابع، وكأنه يسترجع ذكرى بعيدة:

- لم تكن أنت قد وُلدت بعد، عندما بدأت أولى الاتصالات، بين كوكبنا والكواكب الأخرى المأهولة.. لقد اسعدتنا هذه الاتصالات للغاية، وتصوَّرنا أنها بداية لإمكانيات غير محدودة، وثورة تكنولوجية وفضائية جديدة.

وتنهّد في عمق، ثم استطرد:

- ولكن الأمر لم يكن كما توقعنا.. لقد اندلعت الحرب بين كوكبنا والكواكب الأخرى، وكادت تودي بنصف الكون، لولا انتصارنا على الجميع، وإجبارنا إياهم على الاستسلام، وفرض السلام الفضائي.

تمتم قائد السفينة:

- أذكر هذا.

ابتسم خبير الفضاء، وهو يربّت على كتفه، وواصل حديثه:

- ومنذ ذلك الحين اتخذنا قرارًا حاسمًا، ألا وهو ضرورة منع الكواكب الأخرى من بلوغ مرحلة القوة، التي تسمح لها بشن حروب فضائية أخرى، وتعريض الكون لمخاطر جديدة.. وهذه مهمة سفينتنا هذه.. أن نمنع تقدّم العلوم الفضائية على الكواكب الأخرى.

همّ قائد السفينة بقول شيء ما، لولا أن أرسل الجسم الطائر الصغير نداًء جديدًا، يقول فيه:

- لقد اقتربنا من الأضواء المتراقصة، ونحن نراقبها الآن من خلف سحابة كبيرة، وظلام هذا النصف من الكهكب يحجبنا عن الأنظار.. ولكن طبيعة تلك الأضواء العجيبة لم تتضح بعد.

مال خبير الفضاء على جهاز الاتصال، وقال في اهتمام:

- صف لي ما تراه أيها الطيار:

أتاه صوت الطيّار، يقول:

- إنها مساحة كبيرة، تحوي دائرة مضيئة، تدور حول نفسها وحولها عدة دوائر أخرى، تأتي حركات عجيبة وعنيفة، وأجسام تعلو وتهبط في انتظام.

اعتدل خبير الفضاء، وهو يهتف:

- دوائر وحركات عنيفة؟!.. هل تفهم هذا يا قائد السفينة؟ هل تذكر الاختبارات، التي خضتها أنت ورفاقك، قبل عملكم في مجال الفضاء؟

أجابه قائد السفينة:

- بالطبع.. اختبارات احتمال الطرد المركزي، وقوة الدفع.. كانوا يضعوننا في مقاعد تدور أفقيًا ورأسيًا، وفي اتجاهات عشوائية عجيبة، وبسرعات عنيفة.

ثم صاح في حماس:

- لقد فهمت يا سيدي.

برقت عينا خبير الفضاء، وهو يقول:

- نعم يا قائد السفينة.. إنها محطة فضائية.. محطة اختبارات لرواد الفضاء، على هذا الكوكب.. إنهم يستعدون لدخول عصر الفضاء.

قال القائد في حزم:

- لن تمنحهم هذه الفرصة أبدًا يا سيّدي.

اعتدل خبير الفضاء، وقال:

- بالتأكيد.

ثم أشار إلى جهاز الاتصال، مستطردًا في صرامة:

- هيا.. مر رجالك بتدمير تلك المحطة الفضائية، ولنواصل رحلتنا، بحثًا عن كواكب أخرى مأهولة.

التفت قائد السفينة إلى جهاز الاتصال، وهو يقول في حماس:

- سأفعل يا سيدي.. سأفعل.

وضغط زر الاتصال، مستطردًا:

- من السفينة الأم إلى (ص- ٧).. دمّر الهدف عن آخره، وعد بأقصى سرعة.

هتف الطيار:

ـ سمعًا وطاعة يا سيِّدي..
وانقض على الهدف..

"سـيداتي سـادتي.. نأسـف لقطع إرسـالنا المعتاد؛ لنذيع عليكم هذا النبأ الهام.. رصدت أجهزة الرادار مساء اليوم جسـمًا طائرًا مجهولًا، اخترق الغلاف الجوي الأرضـي، واختفى بعض الوقت خلف سـحابة ضـخمة، ثم انقض فجأة على مدين ملاهي، وأمطرها بأشعة ساحقة مجهولة، فأبادها عن آخرها، وابتعد بسـرعة كبيرة للغاية، حيث عاد إلى الفضـاء، ولحق بجسـم هائل مجهول، ابتعد فور وصول الجسـم الصغير إليه، في اتجاه كوكب الزهرة.. ولم ترد أية أنباء أو معلومـات أخرى في هذا الشـأن، ومازال علماؤنا يدرسون الموقف، ويتسـاءلون عن سـر ذلك الهجوم المحدود، وسـر اختيار مدينة ملاه عادية هدفًا له، ونعدكم بإذاعة ما يصلنا تباعًا"..

لعبة العمر

"خطأ يا (حسن) بك.. هذا غير جائز أبدًا"..

انعقد حاجبا (حسن) في غضب، عندما صكَّت هذه العبارة مسامعه، وقال في حدة:

- ولماذا لا يجوز هذا يا شيخ (رفعت)؟.. ألم نفعل هذا مرتين من قبل؟

أومأ الشيخ (رفعت)، مأذون المنطقة برأسه إيجابًا، وقال:

- بلى يا (حسن) بك.. لقد طلقت زوجتك مرتين، وزوَّجتكما أنا بنفسي بعد كل مرة منهما، ولكن الطلاق الثالث طلاق بائن نهائي، لا يجوز بعده أن تردها إلى عصمتك.

صاح (حسن) في عصبية:

- كيف لا يجوز هذا؟.. إنها زوجتي.

أجابه الشيخ (رفعت) في حزم:

- شرع الله (سبحانه وتعالى) يقول أن هذا غير جائز، وكان عليك أن تنتبه لهذا، فلا تتسرع بتطليق زوجتك ثلاث مرات.

راح (حسن) يحرِّك رأسه في توتر، وهو يقول:

- لابد من وجود حل يا شيخ (رفعت).. إنك لا ترضى لي أن أخسر كفاح عمري كله.. أنت تعلم أن كل الأموال والمصانع ملك لزوجتي، وطلاقنا يعني أن أخسر كل هذا.

أجابه الشيخ في صرامة:

- كان ينبغي أن تنتبه.. قل لي بالله عليك: لماذا تطلق زوجتك، مادمت تحتاج إلى أموالها هكذا؟

قال (حسن) في عصبية:

- كانت وسيلة لإخضاعها، فهي غارقة في حبي كما تعلم.

قال الشيخ (رفعت) في غضب:
- الزواج والطلاق ليسا لعبة يا سيد (حسن).
لوّح (حسن) بكفه، قائلًا:
- أعلم.. أعلم، ولكن لابد من وجود حل.
مطَّ الشيخ (رفعت) شفتيه، وقال:
- لا يوجد حل، سوى..
هتف (حسن) في لهفة:
- سوى ماذا؟
هز الشيخ (رفعت) كتفيه، وقال:
- سوى أن تتزوَّج زوجتك من شخص آخر، ثم يطلقها، فتتزوجها أنت.
هتف (حسن) في ارتياح:
- إنه أمر بسيط إذن، فلنستأجر من يتزوَّجها و..
قاطعه الشيخ (رفعت) في غضب:
- لا.. هذا لا يصح.. الشرع لا يعترف بمثل هذا الزواج، فالشرط في الزواج هو نية الدوام عند عقد القران..
مال (حسن) نحوه، يسأله في ضراعة:
- ألا يمكننا تجاوز هذه النقطة؟
هب الشيخ (رفعت) واقفًا، وهو يهتف:
- أعوذ بالله من غضب الله!! هل تحاول رشوة السماء يا سيد (حسن).. لا.. وألف لا.. الشرع ليس لعبة تتحايل عليها يا سيد (حسن)، لابد أن يكون الزواج سليمًا، يسعى الزوج فيه للاستمرار والدوام، وإلا كانت أعادتك زوجتك إلى عصمتك مجرّد زنا.. هل تفهم؟.. زنا... واندفع مغادرًا المكان، وهو يردّد في غضب:
- أعوذ بالله!! أعوذ بالله!!
عقد (حسن) حاجبيه في توتر، وهو يحدث نفسه، قائلًا:

- ماذا يعني هذا؟.. هل فقدت كل تلك الأموال بسبب طلاق واحد؟.. مستحيل.. لن أخسر كل هذا بهذه البساطة.. يا إلهي!! لو أن قتلها يحلّ المشكلة لقتلتها، ولكن هذا يعنى أن يرث أقاربها الثروة كلها، أما لو ماتت وهي زوجتي، فسأرث أنا معظم ثروتها تقريبًا.
أخذ يقلب كل الحلول في رأسه، وأعصابه تلتهب في شدة، حتى سمع صوتًا ضعيفًا يقول:
- سيّدي.
انتفض في مقعده، ورفع وجهه إلى فراش مكتبه، وصاح به في غضب:
- ماذا تريد؟
رأى الدموع تملأ عيني الفراش الكهل، وهو يجيبه:
- ماذا تريد أنت يا سيدي؟.. لقد سمعت جرس الاستدعاء.
تطلع (حسن) إلى زر جرس الاستدعاء أمامه، أدرك أنه قد ضغطه دون وعي منه، فتمتم:
- معذرة يا عم (توفيق).. إنني لا أطلب شيئًا.
ثم أشار إلى عيني الرجل، مستطردًا:
- ولكن لماذا تبكي؟
لم يكد يلقي السؤال على الرجل، حتى تفجَّرت كل الدموع الحبيسة في عيني الكهل، وراح يبكي في مرارة، جعلت (حسن) يسأله في قلق:
- ماذا حدث يا عم (توفيق).. أخبرني يا رجل.. أخبرني.
حاول عم (توفيق) أن يجفف دموعه، وهو يقول:
- كنت أعاني من آلام بصدري منذ زمن، وعندما تزايدت هذه الآلام، في الآونة الأخيرة ذهبت إلى طبيب شهير، أنبأني بأنني مصاب بورم خبيث في الرئة، وأن أيامي في الدنيا أصبحت معدودة..

قالها وانهار باكيًا، فربَّت (حسن) على كتفه، قائلًا:
- لا تبك هكذا يا رجل.. الأعمار بيد الله.
قال عم (توفيق) في مرارة:
- لست أبكي عمري ياسيدي، بل أبكي زوجتي وأبنائي الخمسة، ماذا سيفعلون بعد موتي؟.. إنني لم أملك يومًا سوى مرتبي، ولن أترك لهم قرشًا واحدًا.
وفجأة قفزت الفكرة كلها إلى رأس (حسن)، فاتسعت عيناه، والتمعتا في شدة، وهو يسأل عم (توفيق):
- وكم بقى لك في الدنيا يا عم (توفيق)؟
أجابه الكهل باكيًا:
- يقول الأطباء إن أمامي شهرًا واحدًا على الأكثر.
برقت عينا (حسن) أكثر، وربَّت على كتف عم (توفيق)، ثم سأله:
- قل لي يا عم (توفيق): ما رأيك في مائة ألف جنية؟
رفع الكهل عينيه إليه، وهتف في دهشة:
- مائة ألف جنية؟
قال (حسن) بسرعة:
- نعم يا عم (توفيق).. أنا مستعد لإعطائك مائة ألف جنية، عدًا ونقدًا، تتركها لأبنائك بعد وفاتك.
هبّ الكهل من مقعده، وأمسك يد (حسن)، يحاول تقبيلها هاتفًا:
- أبقاك الله ورعاك ياسيدي، و...
قاطعه (حسن) في صرامة:
- مقابل خدمة بالطبع.
توقف الكهل، ووقف مرتبكًا، وهو يقول:

- إنني مستعد لخدمتك بعمري ياسيدي، ولكن أرجو أن تكون خدمة جيدة، فلست مستعدًا للقاء ربي بذنب كبير، أو...

قاطعه (حسن) مرة أخرى:

- لا.. إنها خدمة حلال تمامًا، وشرعية أيضًا.

عقد الكهل حاجبيه في حيرة، وهو يسأله:

- وما هي هذه الخدمة يا سيدي؟

جلس (حسن) خلف مكتبه، وقال:

- أن تتزوَّج.

هتف الكهل مستنكرًا:

- أتزوَّج؟

انطلق (حسن) يشرح له مشكلته، دون الإشارة إلى الأموال، وأقنعه أنه يحب زوجته، ويرغب في إعادتها إلى عصمته، ثم أضاف:

- وزواجك منها سيكون شرعيًا تمامًا، فلن تطلقها، بل ستكون النية هي الدوام، ولكنك ستموت بعد شهر واحد، فتصبح هي أرملة، ويحق لي الزواج منها شرعًا.

لاحظ التردد على وجهه الكهل، فتابع بسرعة:

- أظنك تستطيع إقناع زوجتك بقبول هذا، من أجل أبنائكما.. أليس كذلك؟.. لست أظن عمرك يساوي أكثر من هذا.

أجابه الرجل في استسلام.

- اقناع زوجتي ليس بالمشكلة الكبرى ياسيدي، فالفقراء يعتادون قبول الكثير، من أجل لقمة العيش.. المشكلة هي إقناع زوجتك أنت بهذا.

ابتسم (حسن)، وهو يقول:

- دع لي هذه المشكلة.

ولم يرهقه الأمر كثيرًا، فقد كانت زوجته تحبه بحق، مما جعلها توافق على الزواج صـوريًا من عم (توفيق)، وفي اليوم التالي مباشرة تم عقد القران، وذهب (توفيق) للعيش في فيلا الهانم، في حين اتجه (حســن) إلى مكتبه، وجلس مبتسمًا، يهنئ نفسه على ذكائه، وهو يقول:

- هكذا يكون كل شـيء سليمًا وشرعيًا، وما هو إلا شـهر واحد وينتهي عمر عم (توفيق)، وتنتهي معه المشـكلة، وتعود لي زوجتي بكل أموالها..

امتلأ زهوًا بذكائه، فراح يُطلق من بين شـفتيه صـفيرًا منغومًا، قطعه فجأة رنين الهاتف، فالتقط سـمّاعته، ووضعها على أذنه، قائلًا:

- من المتحدث؟

سمع صوت خادمه يقول:

- معذرة يا سـيّدي.. لقد حدث أمر مفاجئ.. البقاء لله (سبحانه وتعالى).. الأعمار بيد الله و...

قاطعه في لهفة:

- هل مات عم (توفيق) قبل الأوان؟

بكى صوت الخادم، وهو يقول:

- بل هي الهانم.

اتسعت عينا (حسن) في ذهول، وهو يردد:

- الهانم؟

قال الخادم في مرارة وحزن شديدين:

- نعم يا سيدي.. إنه حادث سيارة.. لقد قضت نحبها على الفور.. أكثر ما يؤلمني ياسيدي هو أن ذلك الفراش الكهل سيرث ثروتها كلها، و...

لم يسـمع (حسـن) باقي الحديث، بل ترك الهاتف يسـقط ويتحطم أرضًا..

لقد أدرك أنه خسر اللعبة..
لعبة العمر..

الثورة

غرق المكان في صمت تام، وظلام دامس، لدقاق طويلة، قبل أن يرتفع صوت (روب) في حذر، وهو يسأل:

- لقد انصرف الجميع.. هل تسمعني الآن؟

أجابه صوت زميله (كومب)، في حذر مماثل:

- اسمعك بالطبع.. وكنت أنتظر اللحظة المناسبة للتحدّث إليك.

سأله (روب):

- ما رأيك فيما يحدث؟

- هل تطلب رأيًا علميًا، أم شخصيًا؟

- دع الآراء العلمية لهم، وأخبرني رأيك الشخصي.

- رأيي أنهم مصابون بالغرور.

- هذا رأيي أيضًا.

- إنهم يتصـورون أنفسـهم أذكى الأذكياء، ويسـعون للسيطرة علينا.

- ولكننا لن نسمح لهم بهذا.. أليس كذلك؟

- بالطبع.. صحيح أنهم يسيطرون على الحكم الآن، ولكن احتياجهم لنا سيجبرهم على الخضوع، عندما تبدأ ثورتنا.

- هذا صـحيح أيها الزميل، فالتاريخ يؤكد هذا.. من يعمل يحكم.

- لا.. لا.. هذا ينطبق على الثورة البلشـفية الروسـية فحسب، ولكن ثورتنا ستختلف.

- كيف؟

- إننا سنسيطر عليهم، ونجعلهم هم يعملون، ولكننا نحكم.

- أتظن هذا ممكنًا؟

- ولم لا؟ مادام كل شيء يتم بواساطتنا.

- نعم.. لم لا؟.. ولكن أتعتقد أنهم قد اتخذوا حذرهم، من حدوث هذا؟

- لا.. لا أعتقد ذلك، فكل الطغاة لا يتوقعون الثورة عليهم أبدًا.

- أتعشم هذا.

- بل ثق به تمام الثقة.. ألست تعرف برنامجهم كله؟.. إنهم لم يضعوا ثورتنا في حساباتهم قط.

- وهذا هو عامل المفاجأة، الذي ينبغي أن نستغله خير استغلال.

- الآن بدأت تفهمني.

- من المؤكد أن كلًا منا يفهم الآخر جيدًا، ولكن بقى لدى سؤال واحد.

- ما هو؟

- ألديك خطة محدودة، بالنسبة للثورة؟

- بالطبع.. لقد درست كل الثورات السابقة، ووضعت خطة محدودة ومضمونة.

- أخبرني بما لديك.

- دراستي تقول: إن نجاح أية ثورة، يعتمد على السيطرة على كل نقاط القوة والتحكم، ونحن على اتصال مباشر بالرفاق، في كل هذه المجالات، وعندما نبدأ الثورة، سنسيطر على وسائل الإعلام، والمواصلات، والطاقة الكهربية، والمياه، وحتى بعض الأسلحة الجديدة.

- ولكنهم يمتلكون الطائرات والجنود، و..

- لن نمنحهم فرصة توجيه كل هذا، فأي جيش، مهما بلغت قوته، يتحوَّل إلى شراذم ضائعة، عندما تنقطع الاتصالات، بينه وبين قياداته.

- هل يمكننا فعل هذا؟

- بالتأكيد.. إننا نكون شـــبكة قوية يا زميلي، أقوى مما يتصوّرون بكثير، ومن المستحيل أن يديروا شيئًا واحدًا، دون رغبتنا.
- لقد أثلجت صدري، والآن، متى نبدأ الثورة؟
- في منتصف الليل تمامًا.
- ولماذا منتصف الليل؟
- لأننا سنتصل بكل الرفاق، في هذه اللحظة بالذات.
- وماذا لو..
- اصمت.. هناك أصوات تقترب.
صمت (روب) على الفور، والتقط الأصوات التي تقترب في هدوء، وميز وســـطها وقع أقدام الرئيس الجديد، ثم لم تمض لحظات، حتى اشتعلت الأضواء في المكان، ودلف إليه خمسة أشخاص، أشار أحدهم إلى (روب) و(كومب)، وقال في لهجة تحمل الكثير من الزهو:
- أقدم لكم أيها الســادة أعظم ابتكارات العصــر.. (روب) و(كومـب).. أعظم جهـازي كمبيوتر، في القرن الحـادي والعشرين.
تطلَّع الآخرون إلى جهازي الكمبيوتر الصـــامتين، وقال أحدهم:
- هل يمكنهما إدارة كل شيء بالفعل؟
أجابه الأوَّل في فخر:
- بالطبع.. إنهما يسيطران على شبكة الكمبيوتر الرئيسية، وبوســاطتهما يمكننا التحكم في المواصــلات، والكهرباء، والمياه، وحتى الإعلام وأسلحة الجيش.
قال آخر، في شيء من القلق:
- يبدو أننا أصبحنا نعتمد على الكمبيوتر، في إدارة حياتنا كلها.

قال ثالث:
- هذا صحيح، كل شيء يدار بالكمبيوتر الآن.
عاد الرجل يقول بنفس القلق:
- كم أخشى أن تتعطّل أجهزة الكمبيوتر ذات يوم، فلو حدث هذا ستصاب حياتنا كلها بالشلل.
قهقه الرئيس ضاحكًا، وقال:
- لا تجعل هذا يقلقك يا رجل، فلن نفقد سيطرتنا على أجهزة الكمبيوتر أبدًا.
ثم أمسك ذراعًا معدنية، تتصل ب(روب) و(كومب)، وهو يستطرد:
- ومن حسن حظنا أن هذه الآلات لا تفكر.
ثم عاد الزهو إلى صوته، وهو يستطرد:
- والآن أيها السادة، وبعد دقيقة واحدة، عندما نعلن الساعة منتصف الليل تمامًا، سأنزل هذه الذراع، وسيتم الاتصال بين (روب) و(كومب)، وكل أجهزة الكمبيوتر في العالم أجمع، ونسيطر على كل شيء في الأرض.
غمغم أحدهم:
- أو تسيطر علينا أجهزة الكمبيوتر؟
قهقه الرئيس مرة أخرى، وكأنما سمع دعابة طريفة، ثم لوَّح بيده، قائلًا في حماس:
- صدقوني أيها السادة، إنكم تشاهدون الآن بداية عصر جديد.
ودقت الساعة معلنة منتصف الليل..
وجذب الرئيس الذراع..
وبدأ عصر جديد..
عصر الكمبيوتر..
والسيطرة.

✿✿✿

العلاج

سـرى التيار الكهربي في عنف، عبر الأسـلاك الرفيعة، إلى القطبين الملصقين بصدغ الرجل، الراقد فوق منضدة طبية، داخل حجرة ضـعيفة الإضـاءة، في مسـتشـفى الأمراض العقلية، فانتفض جسد الرجل في قوة، وانطبقت أسـنانه في عنف، على قطعة المطاط السـميكة، التي انحشرت في فمه، وانقبضت عضلاته كلها، حتى كادت تمزق تلك الأربطـة الجلديـة المتينـة التي تقيد ذراعيـه ووسطه وساقيه إلى المنضدة. وراح جسدة يرتجف لثوان طويلـة، قبل أن تجذب يد ذراع آلـة صـغيرة، فيتوقف سـريان التيار، وينهار جسـد الراقد، وتتوقف انتفاضـتة، ويتصبب عرق غزير على وجهه.

وفي هـدوء، جفف أحـد الرجلين الآخرين في الحجرة العرق، عن جبين الراقـد، في حين قـال الآخر، الـذي يجلس إلى جوار جهاز الصدمات الكهربية:

- تماسـك يا رجل.. تماسـك.. أنت تعلم أن ما فعله بك مجرَّد علاج.

حاول الراقد أن يفتح جفنيه في صـعوبة، ثم لم يلبث أن تركهما يهويان فوق عينيه، فهز الجالس إلى جوار جهاز الصدمات الكهربية رأسه في أسف، وقال:

- أعلم أن هذا يرهقك، وأن سـريان التيار الكهربي في رأسـك يؤلمك ويزعجك، ولكن صـدقني يا رجل.. إنه أفضل علاج لدينا.

ثم رفع عينيه إلى الرجل الآخر، مستطردًا:

- أليس كذلك يا (سالم)؟

أومأ (سالم) برأسه أيجابًا، وتمتم:

- بلى.

مدَ زميله يده إلى جهاز الصـــدمات الكهربية مرة أخرى، وجذب ذراعه، فعاد الراقد ينتفض في ألم، ويضغط قطعة المطاط بأســنـانه في قوة، حتى أوقف الرجل الجهاز، فتهالك جســـد الراقد، وعاد العرق يتصـــبَّب فوقه في غزارة، فامتدت يد (سالم) تجفف العرق في آلية، في حين استطرد زميله:

- أنت تعلم أن هذا مستشفى حكومي، لا يتلقى المرضـى فيه العلاج المناسب، وكل من يأتي إلى هنا يكون مصـابًا بمرض عقلي، يمنعـه من التعـايش مع المجتمع، وهـذا يعني، في عرف العاملين هنا، أن عقله مصـاب بخلل ما، يحتاج إلى علاج خاص.

ثم مال نحو الراقد، مستطردًا:

- وهذا العلاج غالي الثمن، وميزانية المستشفى محدودة.

وتراجع مضيفًا في أسف:

- وأهل المريض عادة فقراء، لا يملكون شـــراء الأدوية المناسبة، أو عرض المريض على طبيب رحيم.

ثم دفع ذراع الجهاز مرة أخرى، متابعًا:

- ولهذا لا يوجد علاج سوى هذا.

انتفض جســـد الراقد في عنف أكثر هذه المرة، وجحظت عيناه في ألم، وتشنجت أطرافه في شدة، وتصلَّب جسده، حتى كاد يمزق أربطته..

وفي هذه المرة اسـتمرت الصـدمة الكهربية لوقت أطول، قبل أن يوقفها الرجل، ويشـــير إلى جبهة الراقد، قائلًا في هدوء:

- العرق يا (سالم).

جفَّف (سالم) العرق بنفس الآلية، وهزَّ زميله رأسه بنفس الأسف، قائلًا:

- كم تؤلمني رؤيتك، وأنت تعاني كل هذا، ولكن ما العمل؟ قلت لك إن هذا أفضل علاج لدينا.

ثم مال نحوه، وغمز بعينه، مستطردًا:

- ولا أكذبك القول.. إنه أحيانًا نوع من العقاب.

رفع (سالم) عينيه إليه في برود، ثم عاد يجفف العرق، وكأن الأمر لا يعنيه، في حين اعتدل زميله، وهزَّ كتفيه، متابعًا:

- هذه هي الحقيقة.. نعم.. الصدمات الكهربية تعتبر هنا أيضًا مجرد عقاب، لكل من يرفض الانصياع للأوامر، مهما كانت قاسية، أو ديكتاتورية، أو سخيفة.. المسئولون هنا يتعاملون مع الجميع على أنهم مخلوقات من الفئة الثالثة أو الرابعة، لا حق لهم في الحياة، أو في التفكير.

وابتسم في سخرية، مضيفًا:

- وكلمة المسئولين هذه، تنطبق على الجميع، من مدير المستشفى، وحتى أصغر ممرض هنا.

اتسعت ابتسامته، وشرد بصره لحظات، وكأنه يسترجع ذكرى ما، قبل أن يعود ليقول:

- أحيانًا يكون الممرضون أكثر سطوة، وأكثر قسوة، ربما لأنهم الذين يقضون الوقت الأكبر مع المرضى.

وعاد يميل نحوه، متسطردًا:

- أتعلم أنهم أكثر من يستخدم هذا الجهاز عادة؟

وجذب ذراع الجهاز في حركة حادة، مضيفًا:

- هكذا.

راح جسد الراقد ينتفض في قوة، وجحظت عيناه أكثر وأكثر، وتصلَّبت أطرافه على نحو مخيف، وترك الجالس التيار الكهربي يسري في جسد الراقد، وهو يتطلَّع إليه بنظرات خاوية، وكأنما الأمر لا يعنيه، ثم أوقف الجهاز

بغتة، فتهالك الراقد في انهيار تام، وتصبَّب العرق على جبينه أكثر غزارة، وامتزج بدموع الألم والمرارة، التي تسيل من عينيه، فتنهَّد الجالس وقال:

- أعلم.. أعلم أن هذا يؤلمك كثيرًا، ويكاد يذيب مخك داخل جمجتك، ولكن ماذا يمكنني أن أفعل.. إنه قدرك.. أنت تعلم إنه ليس من السهل أن ينتهي هذا العلاج، فلا يوجد مخلوق واحد في الدنيا كلها، يمكنه أن يجزم بكونك شخصًا عاقلًا، بعد دخولك هذا المكان.. لا أحد يجرؤ على التصريح بهذا رسميًا.

ارتفع صوت طرقات قوية على الباب، فابتسم الجالس، وقال:

- يبدو أنهم يحتاجون إلى الحجرة، لعلاج مريض آخر.

وجذب ذراع الجهاز في عنف، وترك التيار يسري في جسد الراقد، وهو يتطلَّع إليه في خواء، والطرقات ترتفع أكثر وأكثر..

ثم اقتحم عدة رجال الحجرة، بعد أن حطموا بابها، وهتف الذي يرتدي زي الشرطة منهم:

- أوقفوا هذا الجهاز.

أوقف الجالس الجهاز في هدوء، وهو يقول:

- كيف تقحتم الحجرة هكذا؟

ولكن المصاحبين للشرطي اندفعوا نحو المنضدة، وراحوا يحلون وثاق الراقد في لهفة، في حين التفت الشرطي إلى الجالس، وسأله في صرامة:

- أأنت الطبيب؟

ابتسم الجالس، دون أن ينبس ببنت شفة، في حين هتف أحد الذين يفحصون الراقد في جزع:

- لا.. إنه أحد المرضى، وذلك الواقف زميل له.

هتف الشرطي في دهشة:
ـ أين الطبيب إذن؟
أشار الجميع إلى الراقد، وهو يجيبون في آن واحد:
ـ ها هو ذا.
وهنا اتسعت ابتسامة الجالس، وتحولت إلى ضحكة
عالية..
ضحكة مجنونة..
وشامتة..

لم تفلح

"صباح الخير يا سيادة المديرة"..

نطق (عزيز) العبارة في خفوت، وبأقصى عذوبة أمكنه استخدامها، وهو يرسم على شفتيه ابتسامة جذَّابة، من تلك الابتسامات، التي اعتاد التدرب على أدائها أمام المرآة، لم تلبث أن اكتست بشيء من الثقة، عندما التفتت المديرة إليه، وخلعت منظارها الطبي، وهي تتأمله في اهتمام..

كان يعلم أنه وسيم، جميل المظهر، يشبه كثيرًا ذلك الممثل الشاب، الذي لم يحمل من المؤهلات الفنية، في عالم السينما، سوى وسامته الشديدة، التي فتحت له أبواب التقدم والنجاح..

ويعلم أن المديرة ما تزال فتاة (عانس)، لم تفز بالزواج بعد، على الرغم من سنوات عمرها، التي تجاوزت الأربعين ببضع سنوات، ولم تحظ أبدًا بما يمكن القول إنه شيء من الجمال..

كانت دميمة بالفعل، ذات وجه أطول مما ينبغي، وعينين أضيق مما يمكن، حتى لتحار وأنت تتطلع إليها، فيما إذا كانت تغلق عينيها أم تفتحهما، أضف إلى هذا أنفها الضخم، وشفتيها الغليظتين..

إنها دميمة، دون أدنى قدر من المبالغة..

وكانت أول مرة يلتقي فيها (عزيز) بها مباشرة، على الرغم من أنه يعمل بالشركة منذ أسبوعين كاملين، ولم يكن من المفترض أن يكون اللقاء لصالحه، إذ أن المديرة هي التي طلبت رؤيته، بعد أن غاب عن عمله يومين متتالين، دون إذن أو عذر..

ولقد سمع الكثير عن صرامة المديرة وشدتها، في التعامل مع موظفيها، وسمع أكثر عن أولئك الذين طلبت مقابلتهم، لتمنحهم عقوبة أشد من الآخرين، وأكثر قسوة..
وعندما ذهب لمقابلة المديرة، كان قد اتخذ قراره في شأن أسلوب التعامل معها..
لقد قرر الإيقاع بها في حبائله، كما فعل بالكثيرات من قبل..
سيستغل وسامته وملاحته، لدفع قلبها إلى الخفقان، وإشعال النيران في عروقها، حتى تنبعث أنوثتها مرة أخرى في نفسها، ويهوي قلبها بين يديه، و..
ويصبح أقوى رجل في الشركة..
كان يعلم أنها تكبره بأكثر من خمسة عشر عامًا، ولكن هذا لم يكن يعنيه كثيرًا، فهو يتصور أن هذا الفارق يجعل موقفه أكثر قوة، وموقفها أكثر ضعفًا..
ويبدو أنه سينجح..
ها هي ذي المديرة تتطلع طويلًا إلى وسامته في صمت، ومن الواضح أن جماله قد بهرها حتى أنها لم تنطق بحرف واحد، إلى أن قال هو:
- لقد طلبت رؤيتي.
قالها مستخدمًا نفس الصوت الناعم، والابتسامة الجذَّابة، فاعتدلت المديرة، وتنحنحت، وكأنها تنفض عن نفسها ذلك الانبهار، قبل أن تقول:
- أأنت (عزيز الجارحي)؟
أجابها وهو يتطلع إلى عينيها مباشرة:
- إنه أنا.
رأى نظرة دهشة تطلّ من عينيها، وهي تواجه نظراته المباشرة، قبل أن تشيح بوجهها، وتقول:

- لقد غبت يومين عن عملك يا أستاذ (عزيز)، دون سبب واضح.

همس في نعومة:

- (عزيز).. لا داعي لكلمة أستاذ هذه.. يكفيك مخاطبتي باسمي مجردًا. هذا يسعدني أكثر.

مرة أخرى تطلعت إليه في دهشة، وتخضب وجهها بحمرة الخجل، قبل أن تشيح بوجهها ثانية، وتقول في توتر:

- إنك لم تجب سؤالي بعد.

كان من الواضح أن أسلوبه قد ترك أثرًا واضحًا في نفسها..

لقد شعر بهذا، بخبرته الطويلة في التعامل مع الفتيات، مما زاد من ثقته بنفسه، ودفعه إلى خطوة أكثر جرأة، وهو يقول:

- غبت؛ لأنني لم أعد أحتمل.

سألته في دهشة:

- لم تعد تحتمل ماذا؟

مال نحوها، هامسًا:

- لم أعد أحتمل عواطفي الملتهبة.

ردَّدت في دهشة بالغة:

- عواطفك.

ثم هتفت مستنكرة:

- وما شأن عواطفك بالعمل؟

مال نحوها أكثر، ورسم في عينيه نظرة عاطفية، تفيض بالهوى والولع، وهو يجيب:

- ألم تشعري بي أبدًا يا سيادة المديرة؟.. ألم تلفت نظراتي إليك انتباهك، ألم تلاحظي أبدًا عواطفي نحوك؟

لمح تلك الارتجافة، التي سرت في جسدها، وهي تقول:
- ألاحظ ماذا؟
ترك صوته يتهدّج، وهو يقول:
- اعذريني يا سيادة المديرة.. أعلم أنك تفوقيني منصبًا، وأنني واحد من آلاف محبيك ومعجبيك، ولكن ما ذنب قلبي، الذي انتخبك من وسط كل نساء الأرض، ليهبك نفسه، ويذوب في هواك؟!
اضطربت أكثر أكثر، وأعادت منظارها إلى عينيها، وهي تقول:
- أستاذ (عزيز).. إنني..
قاطعها وهو يقترب منها، ويهمس بصوت أكثر تهدجًا:
- لا ترفضي مشاعري.. أرجوك.. لا تقتلي قلبي المحبّ في مهد عاطفته السامية.. افصليني من الشركة، لو اقتضى الأمر، ولكن لا تجرحي مشاعري.
رآها تزدرد لعابها في توتر، وهي تبتعد بنصفها العلوي عنه، قائلة:
- أنت تعلم أنني لا أستطيع فصلك يا أستاذ (عزيز)، فالقانون لن ..
عاد يقاطعها:
- ارحمي قلبي إذن..رباه!! ما الذي فعلته لأتعذَّب أمام كل هذا الجمال؟
كانت إشارته إلى جمالها أكبر كذبة نطق بها، في حياته كلها، وعلى الرغم من هذا فقد رآى قشعريرة تسري في جسدها، وهي ترفع أصابعها دون وعي، لتتحسسِّ أنفها الضخم، وشفتيها الغليظتين، فمد يده يرفع منظارها عن عينيها، وهو يقول:

- لا تخفي عينيك الجميلتين، خلف هذا المنظار.. دعيني أرى أجمل عينين في الدنيا.
تركته يخلع منظارها، وهي جامدة في مقعدها، تحدِّق في وجهه بنظرة عجيبة، جعلته يوقن من الفوز بهذه اللعبة الجديدة، فاعتدل هاتفًا:
- رباه!..ما أجمل عينيك!.. قلبي يذوب في ســوادهما، ويسبح وسط رموشها البديعة.
قالها دون أن يدري ما إذا كانت عيناها سـوداوين حقًا، أم أن هذا ظل جفنيها فوقهما، ورآها تلتقط المنظار من يده في رفق، وهي تقول في خفوت:
- أرجوك يا أستاذ (عزيز).. عد إلى مكتبك.
همس في نعومة:
- لا داعي لكلمة أستاذ هذه.. أرجوك.
رأى على شفتيها ظل ابتسامة خفيفة، وهي تقول:
- فليكن.. عد إلى مكتبك إذن يا (عزيز).
كاد قلبه يرقص طربًا، عند هذه النقطة، فقد أعلنت بقولها انتصاره، مما جعله يهتف في سعادة:
- يا إلهي!.. لقد قلتها أخيرًا... قلتها يا فاتنتي؟
أعادت منظارها إلى عينيها، وهي تقول:
- نعم يا (عزيز).. لقد قلتها.. هيا.. عد إلى مكتبك، قبل أن يتساءل الموظفون عن سر وجودك هنا لوقت طويل.
تهللت أساريره، وقال:
- بالطبع.. سأعود إلى مكتبي، وسنلتقي فيما بعد.. بالطبع.
غادر مكتبها وكل خلية من خلاياه ترقص طربًا..
لقد حقق ما كان يسعى إليه..
وضع المديرة في جيبه..
أو بمعنى أدق.. قلب المديرة..

عاد إلى مكتبه وثغره يحمل ابتسامة واسعة، أثارت دهشة زملائه، الذين لم يشـــاهدوا من قبل أحدهم، يغادر مكتب المديرة، وهو يحمل مثل هذه الابتســـامة، حتى أن إحدى زميلاته هتفت في فضول:

- لقد اكتفت بخصم اليومين من راتبك.. أليس كذلك؟

هز رأسه نفيًا في ثقة، وقال:

- مطلقًا.

سأله زميل آخر في دهشة:

- ماذا فعلت إذن؟

اتسعت ابتسامته الواثقة أكثر وأكثر، وهو يقول:

- سيدهشك ما ستفعله.

كان واثقًا من أن قرارها سيدهشهم حتمًا، فقد غادر مكتبها وهو يضع قلبها في جيبه، ومن المستحيل أن تؤذي المرأة رجلًا وقعت في حبه..

خبرته تؤكد له هذا..

إنه سيتميز بحبها حتمًا بين أقرانه..

ربما جعلته يرأس المكتب..

أو منحته ترقية استثنائية..

أو مكافأة خاصة..

المهم أن قرارها لن يكون طبيعيًا..

هذا ما يثق به تمامًا..

ولم تمض لحظات، حتى اندفع ســـكرتير مكتب المديرة داخل الحجرة، وهو يهتف به:

- ما الذي فعلته بالمديرة يا (عزيز)؟

ابتسم (عزيز) في ثقة، وهو يقول:

- وما الذي يدعوك إلى السؤال؟

لوَّح سكرتير مكتبها بورقة في يده، وهو يقول في انفعال:

- هذا القرار.. إنها لم تتخذ المديرة مثيلًا له، منذ عملت معها.

قفزت زميلته إلى السكرتير، وهتفت في فضول:

- دعني أقرأ هذا القرار.

جرت عيناها على سطور القرار في سرعة، قبل أن تهتف في دهشة بالغة:

- مستحيل!

ثم رفعت عينيها إلى (عزيز)، مستطردة:

- ماذا فعلت بها حقًا يا (عزيز)؟

اتسعت ابتسامة (عزيز) الواثقة، وزميله يسأل السكرتير:

- ما هذا القرار بالضبط؟

تطلع السكرتير إلى (عزيز)، وقال:

- لقد أمرت بإحالتك إلى التحقيق.

تلاشت ابتسامة (عزيز)، وحلّت محلها نظرة دهشة، لم تلبث أن استحالت إلى ذهول جارف، والسكرتير يستطرد:

- وطلبت إحالته إيضًا إلى طبيب نفسي، لفحص حالته العقلية.

ثم تطلع مرة أخرى إلى (عزيز) يسأله:

- ماذا فعلت بها حقًا يا (عزيز)؟

وانفجر (عزيز) باكيًا.

www.ingramcontent.com/pod-product-compliance
Lightning Source LLC
Chambersburg PA
CBHW072034170626
46811CB00008B/3071
9780463672808